スパイ教室06

《百鬼》のジビア

竹町

ファンタジア文庫

3120

口絵・本文イラスト　トマリ
銃器設定協力　アサウラ

SPY ROOM
the room is a specialized institution of mission impossible
code name hyakki

CONTENTS

CHARACTER PROFILE

愛娘

Grete

ある大物政治家の娘。
静淑な少女。

花園

Lily

僻地出身の
世間知らずの少女。

燎火

Klaus

『灯』の創設者であり、
「世界最強」のスパイ。

夢語

Thea

大手新聞社の
社長の一人娘。
優艶な少女。

氷刃

Monika

芸術家の娘。
不遜な少女。

百鬼

Sibylla

ギャングの家に
生まれた長女。
凛然とした少女。

愚人
Erna

元貴族。事故に頻繁に
遭遇する不幸な少女。

忘我
Annett

出自不明。記憶損失。
純真な少女。

草原
Sara

街のレストランの娘。
気弱な少女。

Team Otori

凱風
Queneau

鼓翼
Culu

飛禽
Vindo

羽琴
Pharma

翔破
Vics

浮雲
Lan

プロローグ　追憶

ディン共和国にある『灯《ともしび》』の本拠地、陽炎《かげろう》パレスの壁面には落書きが描かれている。めちゃくちゃな絵だった。

中心から外に向かって、十五本の線が引かれている。力強く伸びた直線、優雅に曲がる曲線、おかしく螺旋《らせん》を描きながら伸びる線――一つとして同じ線はないが、共通して言えるのは、どれもが活《い》き活《い》きとしていることだ。

一体誰がそんな絵を描こう、と言い出したのか。もう全員が忘れている。

当時は誰もが浮かれていた。酒に酔っていた者もいる。『灯』と『鳳《おおとり》』、二つのスパイチーム総勢十五人で行われたパーティーは盛り上がり、ひたすらに騒がしかった。

多くの人間は、それを自覚することができない。

認識できるのは、いつだって過ぎ去った後だ。それを失い、心を摩耗させ日々の喧騒《けんそう》に揉《も》まれ、ふと過去を懐《なつ》かしむ時にようやく見えるもの。

——あぁ、あの一時こそ青春と言えるのではないか。
深夜零時を回ってもバカ騒ぎをした送別会の夜を、エリートたちと大声で笑いながら落書きを描いた時の星空を、『灯』の少女たちは時折懐かしむ。

【フェンド連邦　2974地点無線。コードネーム『月見《つきみ》』より報告。
『飛禽《ひきん》』のヴィンド：死亡
『翔破《しょうは》』のビックス：死亡
『浮雲《うきぐも》』のラン：行方不明
『鼓翼《こよく》』のキュール：死亡
『羽琴《はこと》』のファルマ：死亡
『凱風《がいふう》』のクノー：死亡
チーム『鳳《おおとり》』、任務継続を不可能と判断】
狂騒から一か月後、その報告書は届いた。

1章　尋問

尋問室は地下にあった。

フェンド連邦の首都には、『カッシャード人形工房』と掲げられた建物がある。古き良き煉瓦《れんが》造りの二階建て。「海外の富豪に向けてドールを生産している」というのが近隣住人の認識だ。仮に二十四時間その出入り口を注視していれば、黒一色の装《よそお》いの異様な男女を目にすることもあったろうが、変哲のない寂れた工房を監視する物好きはいなかった。

正体は、諜報《ちょうほう》機関の拠点である。

フェンド連邦の諜報機関ＣＩＭの防諜《ぼうちょう》専門部隊『ベリアス』――。

その使命は、国内に潜入した工作員の拘束だ。フェンド連邦を脅《おびや》かすスパイを捕らえ、無慈悲に拷問にかける。囚《とら》われたスパイは何十時間もの責め苦の後、祖国の情報を吐きだしていくのだ。

今宵《こよい》も一人、スパイが尋問室に連れ込まれていた。

牢獄《ろうごく》のような、小さな部屋だった。

窓はない。中央には机、それを挟むように一脚ずつ配置された木製の椅子が置かれていた。部屋の隅にはまた別の机があり、筆記具が並べられている。地下特有の、黴臭《かびくさ》さが充満していた。

拘束されたスパイは椅子に深く腰をかけ、項垂《うなだ》れていた。両手は背中に回され、大きな手錠がかけられている。

「…………腹減った」

掠《かす》れるような声だ。

その後でカツカツと足音が響き、一人の人物が入ってくる。

「初めまして、小娘《リトルレディ》」

長身の女性だ。フリルの多い黒のフレアスカートを身に纏《まと》っている。目には真っ黒なクマがあり、不気味なほどの肌の白さと共に、ホラー小説の挿絵から飛び出てきたような雰囲気があった。

――魔女。

そう表現するのが相応《ふさわ》しい。

「ワタクシの名はアメリ。界隈《かいわい》では『操《あやつ》り師《し》』の名で通っています」

彼女こそが『ベリアス』のボスだった。

歳《とし》は二十七。若者とも呼べる年齢でありながら、国を守る一角を担《にな》う女性だ。

彼女は、捕らえたスパイの前の椅子に腰を下ろした。

「ようこそフェンド連邦へ。歓迎しますわ、小娘《リトルレディ》」

「…………」

「この国に訪れた御人は、三つの方法でもてなすのが我々の流儀です。客には紅茶を、友にはスコーンを添え、そして敵には額へ鉛弾を――アナタはどれでしょうかね？」

「…………」

囚われたスパイは沈黙を続ける。

幼さの残る、少女と言ってもいい容姿だ。獣のような引き締まった体躯《たいく》と、短く切り整えられた白髪、その髪の下から覗《のぞ》く、強いエネルギーを感じさせる凜然《りんぜん》とした瞳。

――『百鬼《ひゃっき》』のジビア。

それが少女の名だ。

冷ややかな尋問室で、ジビアはただ一人沈痛な面持ちを浮かべていた。

アメリは淡々とした口調で告げる。

「ディン共和国からの御客人――これより尋問を開始します」

◇◇◇

――世界は痛みに満ちている。

世界大戦と呼ばれる歴史最大の戦争が終結して、十年。戦禍の惨状を目《ま》の当たりにした政治家は、軍事力ではなくスパイにより他国を制圧するよう政策の舵《かじ》を取っていた。

『灯《ともしび》』は、ディン共和国を代表するスパイチームだ。かつては養成学校の落ちこぼれだった少女たち八人と、『燎火《かがりび》』のクラウスという自国最強のスパイで編成されている。

ジビアはその一員だった。

――尋問が始まる一時間前。

彼女はフェンド連邦の首都・ヒューロの街を走っていた。

午前一時を回っていた。深まる夜と呼応するように霧が濃くなり、街灯から少し離れれば、もう三メートル手前も見えなくなる。

彼女が駆けるフィレード通りは、首都に流れるテレコ川沿いにあった。無数の飲食店が立ち並ぶ、有名な観光スポットだ。赤レンガの建物が整列する、美しい通り。

街灯の下、ジビアは全力で駆けていた。漏れる息の音を立てて。

やがて高級時計屋の前で立ち止まる。

飲食店の間に挟まれるように建つ、ガラス張りの店。

一帯は『立ち入り禁止』と記されたテープで包囲されていた。

近くの街灯は切れかかったように、点滅を繰り返している。その光を背負うような位置に立ち、ジビアは店内を見つめた。

ショーケースが割れ、ガラスが床に飛び散っている。あちこちに置かれた鏡もまた、無残に砕かれ、散らばっていた。注意深く観察すれば、壁に銃痕が残っている。店内全ての時計は片付けられており、商品棚は空っぽだった。

壁には赤いスプレー塗料で文字が記されている。

【我らは不死の国の復讐者《ふくしゅう》

熱く燃えよ　再誕に酔へ】

ジビアは頬を緩める。嬉《うれ》しさを隠しきれないように。

「なんだよこれ。ラン、お前って本当に――」

点滅する店前の街灯。

背後で輝いている光が一瞬、消える。

そして再び輝いた時、ジビアの視界の人影が増えていた。

「ディン共和国のスパイでしょうか。失礼ながら、ぶち殺しますわ」

響く女性の声。

ジビアが咄嗟《とっさ》に振り向くと同時に、轟《とどろ》いたのは——二連続の発砲音。

銃弾が左頬、そして右脚を掠めた。

敵襲を悟る。ほぼ反射的に横に跳びつつ、自動拳銃を取り出す。磨き上げた身体能力を駆使し、早撃ちでの応戦を試みる。

「【演目8番】」

その前に無機質な女性の声が響いた。

霧の中から左右同時に生まれた金槌《かなづち》が、ジビアの両肩を同時に打った。後ろに吹っ飛ばされ、地面に倒れた直後、額に硬いものを押し付けられる。

魔女のような暗い顔の女性が、ジビアに銃口を突き付けていた。

「…………っ」

何もできなかった。

女性だけでない——ジビアは囲まれていた。

気配もなく現れた集団は、ジビアの逃げ場を全方位塞いでいる。左右を挟むように男女二人が金槌を構え、その更に周囲で六人がジビアに拳銃を向けている。顔をあげれば、時計屋の屋根から銃を構える男もいる。

一人一人が殺気を放ち、ジビアの急所を一秒以内に潰せる準備を終えていた。

「より正確に言えば——」

ジビアの正面に立ち、自動拳銃を構える女性が睨《にら》む。

「——ワタクシどもの指示に背けば、即ぶち殺します」

アメリである。

大きく広がるフレアスカートを揺らしながら、拳銃を構えている。僅かに後方へ視線をやり、煩わしそうに眉をひそめた。

霧の中で光が点滅している。

「点《つ》いたり消えたり、だらしのない街灯ですね。御客人はもっと丁重な場でもてなさねば、我々の名が廃りますわ」

アメリはそう吐き捨て、拳銃をジビアの額に押し当てる。

「時に——拷問の訓練を受けていますか？　小娘《リトルレディ》？」

その脅迫に従う以外の選択肢はなかった。

◇◇◇

ジビアは捕まった経緯を思い出し、拳を握りしめていた。

アメリが尋問室に入ってきた後、手錠は外された。だが解放感はない。代わりに殺気が部屋に充満している。ジビアが少しでも反抗した場合に躊躇《ちゅうちょ》なく命を奪う気だろう。

部屋にいるのはアメリと書記の男のみだが、それより多くの視線を感じている。

冷たい汗が背中を伝う。

他国の諜報機関に拘束されるのは初めてのことだ。

「……………アンタたちのことは知っている」

ジビアは呟《つぶや》いた。

「フェンド連邦には優れた防諜部隊が多くある、とは養成学校で聞かされてきた。『操り師』の名もな。摘発のエキスパートって」

「ええ、よくご存じで」

「あたしが聞いた話では、三十代の男性って話なんだが」

「ワタクシは四代目ですわ。我々の国では、コードネームは受け継がれるのです」

アメリは淡々と言葉を並べた後、ジビアを睨みつける。

「それで小娘《リトルレディ》――御客人は時計屋で何を？」

雑談に付き合う気はないようだ。

彼女の声のトーンは常に一定だ。私情を感じさせない。どこか機械的だ。

「………人探しだ」

ジビアは唇を噛《か》んだ。

「フェンド連邦に危害を加える気はねぇよ。ディン共和国とフェンド連邦は、敵対関係じゃない。当然だろう？」

「えぇ、共にガルガド帝国を警戒する同盟国。我々は協力関係にありますね」

「だろ？　だから――」

「しかしですね、御客人」

アメリは立ち上がると、ジビアの頭を髪ごと摑《つか》んできた。

「スパイの世界に友好などない」

彼女はジビアの顔を机に叩《たた》きつけてきた。

「――っ！」鼻を思いっきり打ち付ける。

口の中が切れて、血の味が広がった。

抗議するように顔をあげると、こちらを蔑むようなアメリの瞳があった。

――ジビアの祖国・ディン共和国とフェンド連邦は同盟関係にある。

世界大戦勃発時、世界は二分された。ガルガド帝国を中心とする枢軸国と、フェンド連邦・ライラット王国を中心とする連合国。帝国に侵略されたディン共和国は、連合国側についた。スパイ活動により枢軸国の情報を盗み、連合国の勝利に多大な貢献をした。

それ以来、ディン共和国とフェンド連邦は同盟を結んでいる。

政治家が表立って行う友好条約だけではない。影で蠢《うごめ》くスパイたちもまた、ガルガド帝国を警戒し、連携を取っていた。

だが、養成学校でも何度も教えられたことだ。

スパイの世界には、協力はあれど友好はない。

工作員の根底にあるのは、祖国の利益だ。それは時に同盟国の利益とは反することもある。ガルガド帝国を牽制《けんせい》するために情報を流すことはあるが、こちらの内情や狙いなどは決して伝えない。

他国のスパイと一時的な協力はあろうと、その本質は敵。

ゆえに、同盟国のスパイであろうと彼らは当然拷問にかける。

「一つ誤解を解いておきましょう」

アメリは、ジビアの頭から手を離した。

「アナタの国の養成学校は、少々勘違いしているようです。我々が得意とするのは、摘発ではありません。もちろん、それも強い誇りはありますが、一番の肝は別にあります」

「あ?」

「――拷問ですよ、御客人」

アメリは指をパチンと鳴らした。

尋問室の奥から、黒服を纏《まと》った女が台車を次々と運んでくる。

台車の上には、見たことのない形状をした機械や刃物が載っている。多くの電線と拘束具が絡《から》みつく椅子や、肉を薄く削《そ》ぐに適したピーラーのような刃物、不気味な色をした液体で満たされた小瓶――。

アメリは電気椅子に撫《な》でるように触れた。

「我が国は優れた科学技術を有しております。拷問器具に関しても、世界最先端でしょう。世界中のあらゆるスパイが、我々の前では赤子のように泣き叫ぶ」

「…………っ」

「知らないのも無理はありません。拷問にかけられた者は、一人残らず絶命しますので」

尋問室に次々と道具が運び込まれ、空間が圧迫される。

一つ一つ拷問器具が運ばれてくるごとに、酸素が薄くなる心地がした。

ジビアが足元を見ると、こびり付いた血痕が目に入った。

「単刀直入に聞きます」

アメリは尋問を進行する。

「アナタはなぜ、あの時計屋に立ち寄ったのですか？」

「…………人捜しだ。それ以上でもそれ以下でもない」

「誰を？　なんのために？」

「……………っ」

「黙秘するなら、こちらも態度を変えなければなりませんよ？」

アメリは薄い笑みを浮かべ、手のひらを天井に向けた。

彼女の部下らしき女性が、アメリの手にそっとバタフライナイフを乗せた。アメリはそのナイフの刃を出しつつ、ジビアに腕を差し出すよう要求してきた。

嫌な予感しかしないが、抵抗できる状況ではない。

ジビアは左腕を机の上に置く。

即座にアメリはジビアの腕を掴んできた。

「拷問に切り替えましょう――御客人の指を順番に切り落とします」

ダンッと力強い音が鳴った。

「――っ！」ジビアが目を見開く。

アメリがジビアの指先に向かって、間髪入れずナイフを振り下ろしたのだ。目にも留まらない速度で振られた凶器は、深々と机に突き刺さる。

「失礼しました――」

アメリが機械的な声で呟く。

ジビアは絶句するしかない。

「――狙いが三ミリ横に逸《そ》れました」

ナイフは、ジビアの小指と薬指の間に突き刺さっている。

仮にジビアが少しでも動いていたら、指は落とされていた。

「次は丁寧に狙います。譲歩は最後ですよ、小娘《リトルレディ》」

アメリは無表情で口にする。

「それから差し出すのは、右腕の方ですわ。銃の汚れ具合を観察すれば、御客人の利き手《きて》

が右手なのは明らかですので」

「…………………………」

流れる汗が止まらない。

アメリカから発せられる殺気に、気を抜けば、膝が震えそうになる。

全く知らない世界ではない。養成学校でも伝えられたことだ。

――捕まったスパイに待つのは、一寸の光もない絶望。

拘束された者は、情報を吐いて殺されるのみ。たとえ黙秘しようと、激痛や投薬で理性は壊され、やがて心を壊し、求められるがままに情報を吐いていく。

稀《まれ》に二重スパイとして生き延びる手段もあるが、その場合は同胞に殺される。

チクショウ、と口から言葉が漏れた。

知識としては知っていたが、実際に体験するのではここまで違うものか。

心臓がバクバクと大きく音を立てていた。

「……水をくれ」

「ん？」アメリが眉をひそめる。

「喉が渇いて、話しづらいんだ」

アメリは指をパチンと鳴らした。

アイスティーがなみなみと入ったデカンタが運ばれてくる。アメリはそれを無表情で受け取ると、氷が入ったグラスに注ぎ「どうぞ、御客人」と差し出してきた。

左手でグラスを受け取った。

右腕はアメリに掴まれたまま、ジビアはそのグラスに口をつける。

「……『浮雲《うきぐも》』のラン」

「ん？」

「それが、あたしらの捜している人物だ……彼女が所属していたチームは『鳳《おおとり》』」

小声でジビアは口にした。

「……先月、フェンド連邦で『浮雲』以外の『鳳』メンバーが亡《な》くなった。あたしらは唯一の生存者である『浮雲』を追っている。行方不明なんだ」

「…………」

「……ただ三週間経《た》っても、全く手がかりがない。あたしが時計屋にいたのは『フィレード通りの時計屋で発砲事件があった』と情報を掴んだから。以上が説明だ」

「…………なるほど」

アメリは、濃いクマに彩《いろど》られた目で見据えてくる。

「なら、御客人の反応の理由は？　【我らは不死の国の復讐者《ふくしゅう》】でしたか？　壁に記された文字を見た時、口元がほころんでおりましたが」

「ランの筆跡だったからだ。ようやく手がかりが掴めたんだ。笑うだろ」

「この文言はどんな意味なのでしょう?」

「意味なんてねぇ。ただのお遊びだ。アイツらとは——」

そう答えた後、ジビアは自分が喋《しゃべ》りすぎていることに気が付いた。

だが取り消せない。既にアメリが腕にぐっと力を籠《こ》め、先を語るよう促している。

「知り合いだったんだ……」

ジビアは告白する。

「……短い期間だったけど、頻繁に会っていたんだよ、あたしら『灯』と『鳳』は」


そう、『灯』と『鳳』の間には交流があった。

——期間は、龍沖《ロンチョン》帰国後から一か月。

落ちこぼれ集団『灯』と、エリート集団『鳳』。

正反対の二つのスパイチームは、蜜月とも言うべき時間を過ごしてきた。

◆◆◆

——蜜月一日目。

全ての発端は『灯』のボスの発言だった。

「『鳳』の連中を、陽炎《かげろう》パレスに招待した」

「「「「「「「「うぇっ？」」」」」」」」

長身長髪の整った容姿の青年・クラウスは、唐突に朝食中の部下へ伝えた。

陽炎パレスとは、ディン共和国の港町に構える『灯』の本拠地だ。『焔《ほむら》』という伝説的なチームから受け継がれ、同胞からの救援に応じて馳《は》せ参じるための拠点だ。

建物自体が機密情報であるため、普段は客など招かないのだが――。

「当初は、僕がアイツらのボスになるという約束だったからな。無かったことにしてくれたとはいえ、義理くらいは果たしたい」

クラウスは、陽炎パレスの食堂で説明する。

約束とは先月、龍沖という極東の国で行われた争いのことだ。クラウスを懸け『灯』は『鳳』とぶつかった。「養成学校の落ちこぼれ」VS「全養成学校のトップ6」という因縁の対決は『灯』の敗北で幕を閉じたが、『鳳』の温情でクラウスの異動は無くなった。

クラウスは、その事実を律儀《りちぎ》に気にかけているらしい。

だが、まさか帰国してから僅か一日で、こんな発言をするとは。『灯』の少女たちにとっては、休暇が始まる初日でもある。

少女たちの反応は微妙だった。

「しょ、正直に言うと……」

顔をしかめるのは、豊満なバストと愛らしい容姿の銀髪の少女――『花園《はなぞの》』のリリィ。

「いまだ苦手意識があるんですよねぇ、『鳳』さんには」

彼女は朝食のパンをちぎりながら呻《うめ》く。

「わたし自身、向こうのリーダーにフルボッコにされましたからねぇ。尊敬はしていますけど、本能的にはビビるというか……」

リリィだけでなく、他の少女も暗い表情で告げる。

「じ、自分も恐《こわ》いっす。もちろん、悪い人たちではないんですが」

「普通に八対六で力負けしたからな」

「殺しもありなら、普通に惨敗《ざんぱい》していたよね」

「悔しい事実だけど、彼らは優秀だったわね。少し恐いくらいに」

「……またボスが欲しい、と世迷言《よまいごと》を言い出さなければよいのですが」

「俺様、興味ないですっ」

「エ、エルナの安息の地が脅《おびや》かされているの」

各々《おのおの》コメントするが、大半は否定的なリアクションである。

実のところ、『灯』は『鳳』の実態をよく知らない。龍沖では、互いに情報を制限していたこともあり、会話したこともないメンバーも多い。別《わか》れ際《ぎわ》になんとなく和解したムードにはなったが、交流はゼロに等しい。

──過去クラウスを狙った、尊敬はできるが、なんとなくいけ好かないエリート。

それが『鳳』の印象だった。

もちろん、彼らの実力は素晴らしいとは認めるし、スパイとして学ぶところは多くある。

だが、一度『灯』を解散の危機に追いやったせいで、心証はすこぶる悪い。

「結論は出ましたね」

まとめるようにリリィが立ち上がった。

「──『鳳』さんにはお帰りいただきましょう！」

「一応アイツらには、貸しがあるんだぞ？」

「それとこれとは話が別です」

クラウスの言葉をきっぱり遮り、リリィは拳を掲げた。

「一度わたしたちを騙《だま》した恨みは忘れていませんよぉ！　我々の怨念の根深さを舐《な》めてもらっちゃ困ります！　ぐっぱい、『鳳』！」

「「「「ぐっぱい、『鳳』っ！」」」」

ノリに合わせるように、他の少女も叫ぶ。

「……いつどこであろうと、騒がしい女どもだな」

地獄の底から響いてくるような、冷たい声がした。

振り返ると、目つきの鋭いブラウン色の髪の青年が睨《にら》んでいた。

――『飛禽《ひきん》』のヴィンド。

いまや『鳳』のボスだ。優れたナイフ術を持ち、養成学校全生徒でトップ1の成績を獲得したこともある俊豪。彼が五人の仲間と共に、エントランスホールに立っていた。両手をポケットに突っ込み、絶対零度の視線を向けている。

「確かに俺たちはクラウスを奪おうとした。が、それはお前たちの実力が低いという正当な理由で、その事実は直接対決で証明したはずだが？　その俺たちを追い返すとはどういう了見だ？　あと何度目だ、このパターンは？」

「「「「「……………………………………」」」」」

だらだらと汗を流しながら、硬直する少女たち。

リリィが震えた声を出す。

「モウ、キテイタンデスネェー」

「俺たちも休暇中だからな」

ヴィンドはつまらなそうに鼻を鳴らした。

彼の後ろでは、他の『鳳』メンバーが興味深そうに陽炎パレスの内装を観察している。

リリィは手を動かしながら、しどろもどろに呟《つぶや》く。

「あ、あのぉ……さっきの言葉は、勢いで出たもので、本心とは違っていて……わたしたち、ノリで発言しがちなので本気に捉えて欲しくないといいますか……」

「本心だろうと構わない」

ヴィンドは鋭く口にする。

「お前たちの実力は認めてやったが、馴《な》れ合いまでする気はない。くだらない。ここにきたのは、クラウスと情報を交わすためだ」

「うっ……」

「お前たちが望むなら、さっさと帰ってやるさ。元々そのつもりだ」

ヴィンドがそう言い切る。

「「「「「………………っ」」」」」ビビる『灯』の少女たち。

「「「「「…………」」」」」厳しい視線を送る『鳳』のエリートたち。

食堂は重々しい沈黙で満たされている。


そう、本来ならば『灯』と『鳳』が交わることはない。

任務の姿勢や辿《たど》る人生含め、彼らはあまりに違いすぎる。

そんな両者を結びつけたのは——。


「ん？　お前たちをここに呼んだのは、訓練をつけてやるためだが？」


——クラウスだった。

この場で唯一、落ちこぼれやエリートの枠組みに縛られない男は、両チームの間にある溝を気にせず、不思議そうに首を傾《かし》げている。

その場にいる誰もが、ん、と彼の方を見る。

クラウスは待っていたように頷《うなず》いた。

「お前たちは『灯』に勝利したんだ。褒美《ほうび》くらい与えるべきだと思ってな。何が相応《ふさわ》しいか、とは考えたんだが、訓練ではどうだろうか」

「訓練？　お前が付き合ってくれるのか？」

「あぁ、僕自ら指導してやる。『焔』として最前線で闘ってきた経験がある。養成学校では教えられない、技術を与えられるはずだ」

「……なるほど」

ヴィンドは少し考える素振りを見せた後、頷いた。

「悪くない。いいだろう。その提案に乗ってや――」

「――僕を倒せ」

「ん？」

「どんな手段でも用いていい。全員で協力し、僕に『降参』と言わせてみろ。休暇中だろうと僕は任務をこなすが、好きなタイミングで襲ってきていいぞ。以上が訓練だ」

「「「「「「……………………………」」」」」」

ヴィンド含めて、『鳳』六人が絶句した。

やがて困惑したように、ヴィンドは少女たちを見た。

「ふざけているのか、この男は？」

「――本人はいたって真面目です――」

「まともな指導はできないのか？」

「――できません――」

「もしかして、お前たちも同じ訓練を？」

「――半年以上、こんな感じです――」

「……………………………………」

再びの長い沈黙。

さすがのエリートも理解するには時間がかかったようだ。

ヴィンドは両手をポケットに入れ、しばらく天井を見上げたまま、動かなくなった。その姿勢をやめ、彼ががくんと首を下ろし、緩慢な動作で髪を大きくかき上げると、鋭い視線をクラウスへ向けた。

「なんだ、その俺たちに有利すぎる条件は……舐めているのか？」

キレたらしい。

かつてない怒気を放っている。そばで見ているリリィたちも息を呑《の》むほどに。

彼の怒りに続くよう、他の『鳳』メンバーも声を上げた。

「うーん♪　ぼくたちを『灯』と一緒にされたくないですねぇ♪」

「許せないでござるな。拙者たちを舐めている」

「うん。六対一だもん。さすがに負けるはずがないよ」

「見せつけてあげようよぉ。『鳳』の実力をぉ」

「……是《ぜ》。目標は、一分以内の決着」

プライドを傷つけられたのだろう。『鳳』六人全員が一斉にクラウスへ敵意を向けた。今にも飛び掛からんとする気迫だ。

この会話を傍《はた》から見て、『灯』の少女たちが思うことは一つ。

((((((あ、この展開、見たことがある……))))))

かつては彼女たちも通った道である。

その直後、『鳳』のエリートたちは大した策も練らずクラウスに突撃していき、ものの見事に瞬殺されていった。

クラウスの訓練は、『鳳』に大きな変化をもたらしたらしい。

衝撃的だったのだろう。全養成学校でトップ6を誇ったエリートたちにとって、それは歴史的惨敗だったようだ。

初日『鳳』は呆然《ぼうぜん》とした面持ちで帰っていった。

そして翌日、彼らは新たな計画を練り上げ、陽炎パレスにやってきた。勇猛果敢にクラウスへ挑み、また同じように敗北していく。唖然《あぜん》とした様子でまた帰っていき、その翌日も同じように繰り返す。

その様子を見て、『灯』の少女たちは思い知る。

高いプライドを持った人間が、圧倒的格上と出会った時どうなるのか？

「今日も来てやったぞ、『灯』の女ども。クラウスはいるか？」

「「「「毎日来んなっ！」」」」

蜜月四日目――『鳳』がストーカー化した。

◆◆◆

尋問室は静かだった。

ジビアが『鳳』との交流の始まりを思い出す数秒、アメリは無言だった。隣の諜報員《ちょうほういん》が動かす万年筆の音だけが響き続けている。

「……気に食わない連中だったけどな、正直」

ジビアはぽつりと呟いた。

「けど、何も知らない仲じゃねぇ。だから『鳳』が壊滅した原因が知りたい。唯一の生存者――『浮雲』のランは、自分以外の死亡を報告した後、連絡がつかなくなっている」

首を大きく横に振る。

「……けどさっき言ったように、三週間捜しているけど、ランの行方は分からねぇ」

「…………」アメリは動かない。

「ようやくの手がかりが、あの時計屋だ。なぁ、今度はアンタたちが教えてくれよ。どうしてCIMの防諜《ぼうちょう》部隊が、あの時計屋を張っていたんだ？　少しくらいはいいだろ？　繰り返し言うが、フェンド連邦に危害を加える気は毛頭ねぇんだから」

最後の言葉をジビアは強調する。

『灯』はフェンド連邦と表立って敵対したい訳ではない。欲しいのは情報だ。

「…………」

アメリはただ無言、無表情で見つめ続けている。

クマの濃い目元は、どこか不気味さを帯びている。『操り師』のコードネームは、この人間離れした雰囲気を表現したものか。

やがて彼女は息を吐き「ありがとうございます」と頷いた。

「アナタの事情は分かりましたわ。お知り合いが亡《な》くなり、さぞ心労もあったでしょう」

「お、おう。理解してくれて助かるよ」

「ただ――」

アメリは短く答え、ジビアの右腕に力を込めた。

「――脈拍が微《かす》かに上がっています。嘘《うそ》をつきましたね」

「――‼」

「未熟ですね。御客人は優秀なスパイではないのでしょう」

愕然《がくぜん》とする。

アメリが強く手首を押さえているのは、脅迫のためだけではなかったらしい。脈を測り、心の動きを読み取っていたようだ。

彼女の口元が歪《ゆが》んだ。まるでジビアの反応を楽しむように。

――防諜専門部隊『ベリアス』のトップ。

――『操り師』のアメリ。

彼女が放つ怪しげな圧迫感に、ジビアは息苦しくなる。

まるでこちらの心情など、全て見透かされているような心地だ。

アメリは一度ジビアの腕を放すと、椅子から立ち上がった。カツカツと足音を立てながら、室内を回りだす。

「…………わざわざ本国から来るスパイが、平然と嘘もつけないレベルですか……『鳳』はあまり重要視されていない……？　何者ですかね、この御客人は…………」

時折聞こえてくる呟《つぶや》きは、どこか演技めいていた。

やがてアメリはふわりとスカートを翻《ひるがえ》しながら、半回転した。

「――まぁ、いいでしょう」

彼女は優雅な足取りでジビアの正面に立った。

「教えてさしあげましょう。我々が時計屋を張っていた理由を」

「えっ」予想外な言葉に驚く。「いいのか？」

「構いませんよ。我々も共和国と敵対は望みません」

アメリは微笑《ほほえ》んだ。

「時に御客人は——我々の王室について、どこまでご存じでしょうか？」

「ん？」

ジビアが首を捻《ひね》る。

突然、話題が変わった。

もちろん、フェンド連邦の基本的情報は、頭に叩《たた》き込んでいる。

——フェンド連邦は、世界の前覇者だ。

歴史上最も早く『産業革命』と呼ばれる工業の近代化を成し遂げ、世界進出を果たした。トルファ大陸や極東、新大陸を次々支配し、その地を「フェンド王国の国土」と定め、王国への忠誠を誓わせた。世界をフェンド王国に染めるような侵略だ。

やがて「フェンド王国」は「フェンド連邦」に国名を変える。形式上、各州がそれぞれ権限を持った「連邦制」だが、その実態は「中央集権制」。

王室を頂点とし、世界中の国々をまとめる巨大な支配体制。

世界大戦以降、覇者の座はムザイア合衆国に譲り渡すが、その影響力は衰えていない。

「もちろん、知っているが……」

「ええ、フェンド連邦は極めて王室が強い国でしてね。元々のフェンド王国、そして支配下に置いた十四の国々の長《おさ》――ライボルト女王、そしてご子息であらせられるダリン皇太子殿下含む五人の王子に、国民誰もが忠誠を誓っております」

つらつら語った後、アメリは口にする。

「――『鳳』には、ダリン皇太子殿下の暗殺未遂の容疑がかかっています」

「あ？」

予想外の情報に、ジビアは間抜けな声をあげてしまう。

「初めて知ったような反応ですね」

「いや……なんだ、それ……」

「ニュース自体は知っているでしょう？　先月、ダリン様の官公庁訪問の際、庁舎に爆弾が仕掛けられておりました。ダリン様は無事ですが、職員が二名ほど命を落としました」

「あぁ、当然知っている。けど、それは過激派のテロリストの仕業だって――」

「表向きは、そう処理しました。ですが、そこに、ディン共和国の機関『鳳』が関わっていたという疑いがあります」

「証拠はあるのか？」

「もちろん。御客人にお見せする義理はありませんが」

初めて知らされた情報に、ジビアは驚愕《きょうがく》していた。

――『鳳』が皇太子の暗殺を試みた？

意味が分からない。

これまで全くなかった情報だった。そもそも彼らには、皇太子を狙う理由などどこにもない。彼らの本来の任務は、ある人物の捜査だ。

「これで分かったでしょう？　我々ＣＩＭもまた『鳳』を追っているのです」

「い、いや待て。そもそも『鳳』はもう壊滅しているはずだ」

「ええ、我々も突き止めていますわ――六人いた『鳳』の五名は亡くなっている。彼らがダリン皇太子を狙い、そして殺された経緯は我々にとっても謎なのです」

アメリは頷《うなず》いた。

「全てを知るのは生存者――『浮雲』のラン、ただ一人」

「………っ」

「ワタクシたち『ベリアス』の使命は、彼女の拘束です。我々があの時計屋で相対したのは、必然ですわ。同じ人物を追っていたのですから」

アメリは再びバタフライナイフを取り出し、その側面をジビアの頬に押し当てた。

ひやりとした冷たい感触が伝わってくる。

「命令ですよ、小娘《リトルレディ》。『浮雲』の全情報を吐いてください」

アメリが囁《ささや》く。

「アナタは『浮雲』と知り合いなのでしょう？　――情報を知っているはず」

「…………………………」

もちろん、ジビアは知っている。

『鳳』とは一か月間、過ごしてきたのだ。

ランの年齢も外見も身体能力、口調を頻繁に変える癖があること、今のマイブームが「ござる口調」であること、大好物がアップルパイで週に三度は食べること、特技は『捕縛』であり紐《ひも》を使った技が得意であること、アネットに恐怖を刻まれ、会う度に全力で逃げていること、卒業試験3位の成績はマグレという疑惑があること。

だが、それらは全て機密情報だ。

ジビアがこれまで明かした情報は、表層でしかない。核心に迫る部分は隠している。

「…………」

息が詰まり、自然と肺が苦しくなる。

「ここにきて黙秘ですか」

アメリは不服そうに舌打ちをした。

「おかしいですね。さっきアナタも、我々と敵対する気はない、と言っていたはず。残忍なテロリストの摘発に、協力してくれると思ったのですが」

「…………」

「庇《かば》うならば――拷問を再開しなければなりませんわ」

言葉をぶつけながら、アメリは手に込める力を強めてくる。

冷たいナイフの側面がジビアの頬に押し込まれていく。少しでも刃を動かせば、ジビアの頬は切れるが、それも構わないという圧力で。

――自身が『鳳』を庇う理由はなんなのか。

ジビアの頭に繰り返し流れるのは、彼らと過ごした日々だった。

◆　◆　◆

――蜜月八日目。

クラウスに惨敗《ざんぱい》して以降、『鳳』は毎日のように陽炎パレスへやってきた。

最も頻度が高いのは、『鳳』のボス――『飛禽』のヴィンド。

「また来てやったぞ、『灯』の女ども。クラウスはどこにいる？　ん、まだ任務か。なら食堂で待たせてもらおうか。この前キュールが置いていった茶菓子があるだろう？　俺が食う。あぁ、それからビックスとファルマも連れてきた。他の奴《やつ》らは遅れて――」

「「「「早く帰れっ！」」」」

目つきの鋭いブラウン髪の青年は、『灯』の「帰れコール」も物ともせずに、陽炎パレスを訪ねてくる。

最初はまだ客として迎えていたが、毎日のように来られると次第に少女たちの対応も変わってくる。『灯』は休暇中なのだ。こちらの都合をわきまえず訪れてくる客ほど鬱陶《うっとう》しいものはない。

一週間が経《た》つ頃には、会うなりに「帰れ」と追い返すのがパターンとなっていた。

もちろん、それで帰ってくれるエリートではないが。

「………もしかして暇なんですか？」

リリィが呆《あき》れ顔でツッコんだ。

「そんな訳がないだろう」

食堂で茶菓子を頬張り、ヴィンドが答える。

「俺たちは交代で休暇は取っているが、防諜《ぼうちょう》任務もこなしている。効率よく進めている
だけだ。お前たちと一緒にするな」

「あ、それは凄《すご》い」

「今日は全員休暇だ」

「やっぱり暇じゃないですかぁ！」

しっしっと追い払うリリィたちに、ヴィンドは鼻を鳴らした。

「安心しろ。明日から忙しくなる。お前たちの生活を侵す気はない」

「あ、それなら」

「明日は三時間しか陽炎パレスにいられない。明後日《あさって》は夕方に二時間、明々後日《しあさって》は早朝四
時間、四日後からは深夜二時間、昼に六時間、夕方一時間、夜二十分――」

「「「毎日来るなっ！」」」

『灯』の少女たちが必死に追い返すのは、大きな理由がある。

厄介な人物はヴィンドだけではないのだ。彼が連れて来る『鳳』の他メンバーもまた、
面倒なのである。

龍沖では接点がなく分からなかったが、『鳳』には曲者《くせもの》が何人も潜んでいたのだ。

例えば『羽琴《はこと》』のファルマ。

ぼさぼさに伸びっぱなしの髪やふくよかな体型など、どこか怠惰な雰囲気を纏《まと》う女性である。彼女は『灯』の年少組の少女たちを愛玩動物か何かと思っているらしく、所かまわず抱き着いてくる。

主な被害者は、人形のような美しい容姿の小さな金髪の少女——『愚人《ぐじん》』のエルナ。

「あー、エルナちゃんだぁ。今日も可愛《かわい》いねぇ。ほっぺた、触らせてよぉ。ぷにぷにさせてよぉ、ぷにぷにぃ。一緒にお昼寝しよぉ～」

「ひっ！　な、なんだか恐《こわ》いの！　不幸の予兆を感じるの！」

エルナはよく怯《おび》えながら、もみくちゃにされている。

例えば『浮雲』のラン。

臙脂《えんじ》色の髪がピンと伸び、線で引かれたように目鼻立ちがハッキリした凜々《りり》しい少女だ。

彼女は、『灯』のアネットという少女にトラウマがあり、出くわす度に「奴が出たでござるううぅ！」と叫び、逃走を開始する。ただ逃げるだけならいいが、陽炎パレスの備品とぶつかっていく破壊者だった。

主な被害者は、特徴の薄い中性的な顔立ちをした蒼銀髪《あおぎんぱつ》の少女——『氷刃《ひょうじん》』のモニカ。

「あ、モニカ殿！　い、いやぁ、ところで先日、モニカ殿のマグカップを割ってしまったのでござるが、これは『鳳』の経費で――」

「キミが払え。次、ボクの物を壊したら殺す」

モニカはゴミを見るような目で蹴り飛ばしている。

彼らの暴走は留まることを知らない。

『凱風《がいふう》』のクノー――仮面をつけた謎多き大男は敷地《しきち》内で勝手に「……是《ぜ》」と呟《つぶや》きながら黙々と家庭菜園を始めていく。リリィが育てているハーブや毒草は、彼によって無断で植え替えられていた。

『鼓翼《こよく》』のキュール――大きな眼鏡をかけたポニーテールの少女は、比較的まともな常識人なのだが、彼女も彼女で「あー、コイツらの世話を任せられて楽だなぁ」と遠い目をして、仲間を止める様子が一向にない。解放感に満ちた顔をして広間でくつろぐのだ。

こんなメンバーが毎日のように訪れ、『灯』の少女たちの感想は一つ。

「「「「「「「マジでめんどくせぇ、コイツら……‼」」」」」」」

エリートたちに翻弄されっぱなしだった。

だが追い払うこともできない。彼らの訪問はクラウスが認めているし、実力は彼らが上回っているのだ。力ずくではほぼ不可能。

『鳳』は『灯』の天敵だった。


他の少女同様、ジビアもまた『鳳』の被害に遭っていた。

――『翔破《しょうは》』のビックス。

それが彼女の天敵である。

ファッションモデルのような甘いマスクを持つ青年だ。休暇があるたびに女遊びをしているらしい彼は、よくジビアをデートに誘ってくるのだ。男役として。

「あ、ジビアくん♪　今晩、合コンに行きませんか？　どうにも男の頭数が足りなくて。男装していただけると、女の子を悲しませずに済みます♪」

「知るかああああああぁっ！」

他の『鳳』男性陣からは愛想《あいそ》を尽かされているらしく、ジビアを連れ出そうとする。

あまりにしつこいためジビアは逃走を決めるしかない。

陽炎パレス内の廊下を全力疾走する羽目になる。

「なんであたしに構うんだよっ？」

「一番面白いからです♪」

「バカにしてんのかっ！」

「まぁまぁ気にせず♪　これも訓練ですよ♪　女口説きもスパイの心得です♪」

「あたしの修行にはなんねぇんだよ！」

だが、簡単に振り切れないのがビックスという男だった。

——養成学校全生徒中ナンバー2の実力者。

龍沖で直接闘ったが、彼は全力を出していなかったらしい。ジビアとの追いかけっこを楽しむように、余裕の笑みで追走してくる。

ジビアは一階の廊下を全力で駆け、端まで辿《たど》り着こうとしていた。二階に逃げるという手もあるが、そこは少女たちの寝室もあるので、クラウス以外の男を上げたくない。

廊下の端で迎え撃つ覚悟を決める。

そのための準備も果たしていた。

「これでも喰《く》らえやっ！」

壁に仕掛けていた催涙ガスを起動させる。

ちょうどジビアの背後にいたビックスに噴射される、完璧なタイミングだった。陽炎パレス内ならば、クラウスと三百以上闘ってきた積み重ねがある。

ビックスは目を閉じ、噴射口を拳で叩《たた》き割った。

時間稼ぎには十分。

すかさずジビアは窓から逃げようと身を乗り出すが――。


「コードネーム『翔破』――浮かれ砕く時間ですよ♪」


ドン、と大砲のような音が鳴った。

強い衝撃が肌に伝わる。頭の横を何かが通り過ぎた。強い風がジビアの髪を揺らした。

動きを止め、恐る恐る音がした方向を見る。

煉瓦が壁にめり込んでいた。


「あ……？」

窓のすぐそばの壁に煉瓦《れんが》が衝突したらしい。そのパワーのせいで煉瓦自身も砕けているが、壁が壊れ、窓枠が歪《ゆが》んでいた。窓に触れても開くことがない。

どこから煉瓦が来たのかなど考えるまでもない。

投げたのだ——ビックスが、ただの腕力だけで。

「はあああああああああああああああああっ⁉」

悲鳴をあげる。

彼の特技を思い出す——『怪力』だ。

身体《からだ》の線もそう太くは見えないのだが、彼は常識では計り知れないほどの筋肉を内に秘めている。煉瓦を猛スピードで投げ、窓枠を歪ませるくらい造作もないだろう。

ビックスはニコニコとした笑顔で歩み寄ってくる。

「よかった♪　事前に庭で拾っていたんです♪」

「いや、そんな素振りはどこにも……」

なかった——はずだ。

彼の手には、何も握られていなかった。ゆえに射程外からの攻撃に驚愕《きょうがく》したのだ。

ビックスは手を伸ばし、手のひらを見せつけてきた。

「『隠匿』——敵の目を盗む、ぼくの技です♪」

腑《ふ》に落ちる。

どのような方法かは謎だが、彼は身体に武器を隠し持つことができる。おそらく広背筋か大臀筋《だいでんきん》で挟むように所持しているのだろう。

相手を惑わしてくる技術に、ジビアは息をつく。

敵が必ず警戒しなくてはならないビックスの『怪力』。しかし、ビックスは武器を直前まで隠し持ち、その発揮の仕方を悟らせず、常に相手を欺いてくる。

『怪力』×『隠匿』――無尽剛腕。

特技と嘘《うそ》を掛け合わせる概念。その名は、ジビアも知っていた。

「――詐術か」

スパイ養成学校で卒業間際《まぎわ》の生徒のみが受けられる最終講義。相手の意表をつき、格上を打ち倒す唯一の手段。

『灯』の少女たちでは、エルナ以外の少女は完成していない。

「あ、ジビアくんは未習得なんでしたっけ♪　ザコですね♪　ウケます♪」

「うるせぇっ！」

嘲るように笑うビックスに、ジビアは前蹴りを放つ。

が、彼はその足を簡単に捕まえ、高々と持ち上げてジビアを宙吊《ちゅうづ》りにした。一度彼の怪力に掴まれたら、逃げることは不可能だ。

「さ、男装して合コンですよ♪」

「いーやーだああああああっ！」

生け捕りにされたイノシシのように、ジビアは吊《つ》られたまま連行される。

抗議を発するが、当然ビックスには聞く気がない。

後の展開は分かっている。彼の命令のままに着替えさせられ、男子のフリをして合コンに行くという地獄を味わう羽目になる。それが、ここ数日繰り返されている悲劇だった。

どうこの男を打倒すればいいのか。

頭の中で次なる策を考えていると、甲高い音が聞こえてきた。

口笛だ。

「残念♪　もう時間を迎えてしまいましたか♪」

「あ？」

ビックスが残念そうに首を横に振り、ジビアの足を放した。

「ヴィンドくんからの招集です♪」

基本鬱陶《うっとう》しい彼らにも一点学ぶべき箇所があった。

――スパイという職務に臨む姿勢だ。

ビックスに促されるように、ジビアが広間まで歩くと、そこにはヴィンドを中心に、他の『鳳』と『灯』両メンバーが一堂に会していた。総勢十四名のスパイが集い、中央のヴィンドへ視線を向けている。

「時間だ。クラウスを仕留める準備を始めるぞ」

ハッキリとしたヴィンドの声。

他の『鳳』メンバーは「了解」と呟き、表情を引き締める。スイッチを入れるかのような、オンオフの切り替え。

そしてヴィンドは、『灯』の少女たちに視線を向けた。

「今回からはお前たちにも協力してもらうぞ」

「「「「え?」」」」

「スパイとしての総合値は低いが、お前たちは強力な特技を秘めている。悔しいが、現状『鳳』だけではクラウスに勝てない。連携して攻略するぞ」

彼の横に立っていたキュールが「作戦は考えてきたよ」と笑い、陽炎パレスの見取り図を提示してくる。

一目見て、『灯』だけでは実行できなかった作戦と理解できた。しかも綿密に練られている。本命が失敗した場合のサブプランも複数用意されていた。

「……わたしたちと協力する気なら、もっと優しくしてくださいよ」とリリィ。

「俺たちなりのコミュニケーションだ」とヴィンド。

彼の声は常に自信に満ちている。

「言ったはずだ――『鳳』と『灯』の両輪でこの国を守るんだ」

エリートたちから向けられた信頼はどこか照れくさく、嬉《うれ》しかった。

他の『鳳』メンバーも笑いかけてくる。

「まぁ、元よりその予定でしたからね♪」「我々が連携を深めるのは大事でござる」「お互い勉強になるしね」「ファルマはねぇ、もっと深く交流してもいいと思うなぁ。温泉でも行こうよぉ」「…………否《いな》。お前は弁《わきま》えろ」

騒々しいが、『灯』より幾分大人な『鳳』メンバー。

やはり彼らは、自分たちが憧れたエリートの姿だった。

一人の世界最強、六人のエリート、八人の落ちこぼれ――総勢十五名。

集まれば、常に姦《かしま》しい。もはや誰が何を発しているのか分からないほどに。

「はーい、リリィちゃんから質問です。一緒に訓練する気なら、ヴィンドさんはなんでいつも高圧的だったんですか？」「出会い頭、お前たちが拒絶するからだろうが」「………是《ぜ》。年甲斐《としがい》なく拗《す》ねていた」「ダメだよねぇ。糖分不足だよぉ。ファルマは、エルナちゃんとスイーツを食べにいきたいなぁ」「のっ！　だ、抱き着かないでほしいの！」「だ、ダメっす！　エルナ先輩は渡さないっす！」「でもご飯はいいわね。レストランでも予約しましょうか」「え、困ります♪　ぼくは今晩、ジビアくんと合コンなので♪」「くたばれ！　男装なら一応、グレーテが専門なんだが……」「お断りします……モニカさんも男装が似合うかと」「ボクを売るな。いくらクラウスさん以外の男と食事したくないからって」「えっ？　なにそれ気になる。もしかして⁉　恋の予感！」「拙者も聞きたいでござる！」「俺様、お前に喋《しゃべ》る権利をあげていません」「ござっ⁉」

毎日追い払いつつも、なし崩し的に交流は深まっていった。

互いに刺激し合い、競い合い、高め合う、不可思議な二チーム。

ライバルとも言うべき関係が——ずっと続くと思っていた。

◇◇◇

「どうして――？」

アメリが呟《つぶや》いた。

回想を終え、ジビアが瞼《まぶた》を上げると、正面に唖然《あぜん》とした表情のアメリがいた。信じられないものを見るかのように目を丸くしている。

ずっと仕事人といったアメリの表情が初めて崩れた。

「あ？」訳が分からずジビアが尋ね返す。

アメリが息を呑《の》んだ。

「――どうして御客人は泣いているのですか？」

指摘されて、初めて頬に流れる水滴に気が付いた。

己の顔に触れ、改めてその存在を確認する。

（あぁ、マジだ…………あたし、泣いてる。カッコ悪《わり》ぃ…………）

人生で喪失を体験するのは、初めてではない。

彼女は幼少期、ギャングの娘として育てられた。暴力と収奪が支配する世界で、目の前で殺人現場を見ることもあった。愛《いと》しいと感じた人間を亡《うしな》うこともあった。

驚きなのは、自分がその時と同様に涙を流していることだ。

エリートたちの姿を思い浮かべて、他国の尋問室で泣いている。

（マジかよ……最初はウザいと思っていたのに……）

龍沖では敵対関係だった。

クラウスを巡り、潰し合いをした。落ちこぼれ特有の劣等感も感じていた。

ヴィンドたちが頻繁に訪れるようになってからは、さんざん「来るな」「帰れ」「せめて菓子折りの一つでも持ってこい」と追い払っていた。

けれど、今、彼らとの日々を思い返し、涙を流す自分がいる。

ジビアは左手で涙を拭いた。

「……さっきアンタは、あたしが嘘をついているって言ったな？」

「えぇ」

「その通りだよ。嘘だよ」

まっすぐ前を見る。

「気に食わないなんて、嘘だ。嫌いじゃなかったよ、アイツらのことは」

本音だった。

――死んでほしくなかった。

――これからもライバル関係でいられると信じていた。

しかし死亡報告は真実だった。慌ててフェンド連邦に駆け付けたジビアたちが直面したのは、彼らの遺体が写る写真だった。どれだけ偽装を疑っても、その写真は残酷な事実を写していた。

どれだけ嘆こうと現実は覆《くつがえ》らない。『鳳』はラン以外、全員が殉職した。

それは『灯』が初めて直面する愛しい者の死。

「しねぇよ……」

ジビアは拳を握り込みながら、吐き出した。

「……？」アメリが眉をひそめる。

「皇太子暗殺未遂事件？　そんなこと『鳳』の連中がする訳ねぇだろ」

声を荒らげる。

「アイツらはたとえ目的があろうと、一般人を爆風に巻き込むような、ガルガド帝国の連中みたいな薄汚い手段はとらないっ。嵌められたんだ！　どっかの誰かが『鳳』に罪を着せ、そして殺しやがったんだっ！」

「不愉快ですね。我々『ベリアス』が誰かに欺かれているとでも――」

「そうだって言ってんだよっ‼」

衝動のままに罵声を浴びせる。

激情を堪《こら》えることができなかった。

他国の諜報《ちょうほう》機関に捕らえられている恐怖からでも、アメリに脅されている怒りからでもない。現前に存在する『鳳』の喪失が辛《つら》くて仕方がなかった。

「これ以上の情報は吐かない」

ジビアは顎を引く。

「吐く義理がないからだ。『鳳』は暗殺に関わっていない。お前たちは騙《だま》されている。そんな奴《やつ》らに、仲間の情報は売れない」

「……状況を理解できていないようですわね？」

アメリに躊躇《ちゅうちょ》はなかった。

握っているバタフライナイフに力を籠《こ》め、ジビアの頬を切り裂こうとする。

その刃《やいば》が自身の白い肌にめり込む前に、ジビアは動いていた。

机を蹴り上げ、アメリの身体《からだ》ごと吹き飛ばすと同時に、左手を伸ばしている。

「コードネーム『百鬼』──攫《さら》い叩《たた》く時間にしてやんよ」

アメリのナイフを盗み取る。

その彼女の後方で『ベリアス』の人間が動いた。懐《ふところ》から取り出した拳銃をすかさず構え、銃口をジビアに向けてくる。

ジビアもまたナイフを携え、飛び掛かろうと腰を落とした。

発砲された場合、銃弾を二、三発喰《く》らう覚悟で接近する算段だ。狭い部屋で混戦状態に持ち込めれば、数パーセントの勝機はある。

アメリは煩わしそうにスカートの埃《ほこり》を払った。

「抵抗するのですね?」

「あぁ。見当違いの拷問を受けてやるほど暇じゃねぇ」

「戯言《たわごと》を。我々は絶対正義の下にある──常に正しく間違えない」

彼女はポケットから一本の棒を取り出した。

なんだ、とジビアは身構えるが、それは武器ではない──指揮棒。

アメリは指揮棒を優雅に振り、そっと身体の右に指揮棒の先を向ける。

『蓮華人形《れんげにんぎょう》』──」

「──はい、マスター」

アメリの右側に、喜色満面の笑顔をたたえる、修道服を着た女性が立った。

次にアメリは、左に指揮棒の先を向ける。

「『自壊人形《じかいにんぎょう》』——」

「——仰《おお》せのままに」

アメリの左側に、シルクハットを被《かぶ》った細身のスーツの少年が立った。

二人の部下を両側に侍《はべ》らせて、アメリは微笑《ほほえ》んだ。

「この二人は、『ベリアス』の副官です。これまで幾人ものスパイを葬《ほうむ》ってきました」

「……あぁ、そうかい」

「——【演目４番】」アメリは大きく指揮棒を振るった。「御客人にもてなしを」

それが二人の副官を動かす指示だったらしい。

ジビアに見えたのは、『蓮華人形』と呼ばれた女性と、『自壊人形』と呼ばれた少年が弾《はじ》かれるように移動した瞬間だけだ。

完璧に統率が取れた動き。

寸分違《たが》わぬタイミングで、左右に分かれた二人組は、挟み込むように飛び掛かってくる。

それだけならまだジビアにも対処できるように思えたが——。

正面から腹を蹴り飛ばされた。

──アメリだ。

意識が副官に逸《そ》れた瞬間、目の前に移動されていた。

（テメェも動くのかよっ⁉）

正面から飛び込んできただけの勢い任せの跳び蹴りだったが、それゆえ衝撃を殺しきれず、ジビアは後方の壁に叩きつけられる。

握っていたナイフを取り落とす。

左右の腕を『蓮華人形』と『自壊人形』に摑まれた。

予《あらかじ》め定められていたであろう、洗練された動きだった。時計屋でも披露されたか。アメリの指揮の下、部下たちは完璧なコンビネーションで動いていく。身体能力が優れていようとも、個人では対処不可能。

ジビア一人では為す術《すべ》がない。

「マスター。まず何本、折りましょう？」

『蓮華人形』と呼ばれた女性が冷ややかな声で口にする。

指先は感触を楽しむように、ジビアの腹部をなぞっている。乳房より少し下だ。

折るのは、あばら骨か。

「ワタクシは三本を希望します。以前は『自壊人形』が二本多く折りました」

「いえ、『蓮華人形』は下手です。肺に穴を空けたこともある」

不服そうに『自壊人形』と呼ばれた少年が口を挟む。

「マスター、ワタクシに三本」と『蓮華人形』が口にする。

「マスター、ボクに四本」と『自壊人形』が口にする。

ジビアの左から『蓮華人形』の女性の声が、右から『自壊人形』の少年の声が、まるで交互に歌うように左右から届いてきた。


「コイツは生意気ですので」

「現実を知るべき」

「無様なスパイ」

「仲間が殺されたと知らされ」

「三週間ロクな成果も得られず」

「そして捕まった」

「『鳳』と同じ場所に埋めてあげます」

「皇太子様の暗殺を目論《もくろ》んだクズ」

「そして殺された」

「仲間割れ？　抗争？　不慮の事故？」


「ボクも思いますので」

「教えてあげないといけません」

「恥ずかしいスパイ」

「必死こいて駆け付けて」

「無様に這《は》いずり回り」

「拷問の末、殺される」

「アイツらと同じ未熟者」

「失敗したけど」

「そう、あっさりと殺された」

「真実を知るのは『浮雲』のみ」

「マスターの仰せのままに」

「その情報を吐いてほしいから」

「――左右同時に骨を砕くぜ、御客人」

ケラケラと不愉快な笑みを二人同時に浮かべた。

彼らの手には、大きな金槌《かなづち》が握られている。ジビアに見せつけるように振りかぶる。

アメリはつまらなそうに告げた。

「残念ながら――新たな御客人が来たようです」

空気が凍りつくような冷たい殺気が届いた。

嗜虐《しぎゃく》的な笑みを浮かべていた『蓮華人形』と『自壊人形』の顔が強張《こわば》る。さっとジビアの腕を解放し、身構えた。

「随分と僕の部下をいたぶってくれているようだな」

クラウスだった。

『灯』のボスが怒気を滲《にじ》ませ、尋問室に入ってきていた。

アメリを除いた『ベリアス』の諜報員は、皆、後ずさりをする。名乗らずとも、クラウスの存在は把握しているようだ。

「ボス……っ」とジビアもまた声をあげる。

クラウスが頷《うなず》き、ジビアの横まで歩み寄ってきた。

『蓮華人形』と『自壊人形』が身を引き、アメリを守るように囲む。

アメリは優雅な動作で軽く一礼をした。

「こうして会うのは初めてですね。『燎火』さん。ワタクシはフェンド連邦諜報機関CIMの防諜《ぼうちょう》専門部隊『ベリアス』のマスター、『操り師』のアメリと申します」

「僕を知っているか」

「噂《うわさ》はかねがね。『世界最強のスパイ』を自負している、酔狂な方だと」

「……スパイとして相応《ふさわ》しくない名声を得てしまったな」

クラウスは息をついた。

「まぁいい。操り師、僕の部下を解放してもらおうか」

「お断りします。『鳳』には、皇太子暗殺未遂の容疑がかかっています。この小娘《リトルレディ》はその参考人。我々も引けませんね」

「ん……初耳だ」

「事の次第によっては、CIMと対外情報室の同盟関係は解消されるでしょう」

両チームのボスが静かに睨《にら》み合う。

──ジビアの肌がひりつくような感覚があった。

クラウスの声が一段と低くなる。

「別に僕は力ずくで、お前たちを蹴散らしてもいいんだが」

「やめなさい、御客人。もしワタクシの部下に傷一つでも負わせたら、ＣＩＭと対外情報室の敵対は必至でしょう。アナタがどれだけ優れていても、所詮は一人。ＣＩＭが総力を挙げて共和国を潰しにかかった時、国を守り切れますか？」

対して柔らかく微笑むアメリ。

クラウスは不思議そうに首を傾《かし》げた。

「分からないな」

「ん……？」

「ここでお前たちを傷つけることが、なぜ両国の対立を生む？」

「当然でしょう、御客人」

「誰がそれを報告するんだ？　──全員ここで死ぬのに」

いつの間にかクラウスの手には、拳銃が握られていた。

いつにない気迫を纏《まと》っている。ジビアの手のひらが汗ばむほどに。

嘘《うそ》偽りない真実を述べるように、声に一切の震えはない。クラウスは建物内の人間を皆

殺しにし、悠然と外へ出ることができる。そう主張している。

「…………」

アメリは表情を変えない。

誰もが呼吸を止めるほど、緊張した空気が満ちる。

先に視線を外したのはクラウスだった。

「……まぁいい。僕も殺し合いがしたい訳じゃない」

彼はジビアの方へ身体を向け、肩に付いている埃を払った。「極上だ。よく時間を稼いだな」と言葉を残して。

「今のが脅しのつもりですか？」

アメリが嘲るような視線を向けている。

「繰り返しましょう。アナタがいくら優れていても、所詮は一人。我々を殲滅《せんめつ》することができるはずがない。全員バラバラに逃走し、上層部へアナタの凶行を報告するだけです」

「……」

クラウスはつまらなそうな視線を向けた。

「凡庸なハッタリですわね」

アメリはせせら笑う。

「もしその少女を引き取るならば、ワタクシたちは抵抗します。武力をもって」

「無意味な争いはやめておけ。僕もジビアも『浮雲』のランの消息は、分かっていない。

皇太子暗殺未遂の容疑なんて初めて聞いた」

クラウスは首を横に振る。

「僕たちを拷問しても何も情報は吐かないよ。それでも僕と殺し合うのか？」

「…………」

「それより僕たちは——協力すべきなんじゃないか？」

「協力？」

アメリは意外そうに目を細めた。

クラウスは言葉を続ける。

「お前たちは、皇太子暗殺未遂の容疑がある『浮雲』を捕らえたい。僕たちは『鳳』唯一の生存者『浮雲』から事情を聞きたい。僕たちの目的は同じ——『浮雲』のランの発見だ。違うか？」

「なるほど。それがアナタの主張ですか」

アメリが口元に手を当てた。

「断るのなら、僕もまた部下を守るため、銃を向けなければならないよ。僕の言葉がハッタリかどうか試してみるか？」

クラウスが落ち着いた口調で脅す。

隣で聞いているジビアは感心していた。つい対立していたが、お互いの主張は同じなのだ。『浮雲』のランの行方はどこか。

強すぎるクラウスの存在が、一方的な拷問を対等な交渉に変えていく。

アメリたちの反応を見るに、彼の凄《すさ》まじい強さは知れ渡っているのだろう。それがスパイとして必ずしも良いとは言えないだろうが。

相手の願望をうまく操るティアとは異なる——超パワー型の交渉術。

アメリは倒れた椅子を直すと、深く腰を下ろした。

『ベリアス』の部下の一人が替えの紅茶を持ってくる。

グラスは一つのみ。

たっぷりとミルクが入っているであろう、茶色がかった乳白色の液体をアメリは美味《おい》しそうにすすり、そっと微笑《ほほえ》んだ。

「——お断りしますわ」

強く言い切った。

「ワタクシ共もディン共和国と争いたい訳ではありません。ですが、我々は既に対等ではない。『鳳』には重大犯罪の容疑がある。我々はそれを世間に公表することだってできるんですよ？　ア、ナ、タ、が、我、々、に、一、方、的、に、奉、仕、す、る、——呑《の》める条件は、それだけです」

「構わないさ」

クラウスは短く答えた。

「どうせ同じことだ」

◇◇◇

一時間後、尋問室を訪れたのはティアだった。

『灯』の一人で、普段は指揮を担《にな》う少女だ。凹凸に富んだ優艶《ゆうえん》な姿態と、美しく伸びた黒《くろ》髪《かみ》。コードネームは『夢語《ゆめがたり》』。フェンド連邦ではナイトクラブに潜んでいた。

彼女はある役割のため、呼び出されていた。

「ティア、悪いな」ジビアが声をかける。

「構わないわ。こういった役回りのために、私がいるもの」

ティアは肩をすくめる。

「ランを見つけてあげてね。今頃『寂しいでござる』って叫んでいるはずよ」

「めっちゃ想像がつく」

軽くタッチを交わして、ジビアは尋問室から出る。

代わりに尋問室に入ったティアは、その両腕と首に枷《かせ》を取り付けられる。分厚い鉄の枷からは鎖が伸び、尋問室の壁に繋《つな》がっていた。それを見て、ティアは一瞬辛《つら》そうに唇を噛《か》んだが、すぐ微笑み「たまには緊縛プレイも悪くないわね」とジョークを言ってみせた。

「確認です」

アメリが満足そうに頷いた。

「二十四時間以内に『浮雲』を見つけられない限り、人質を殺します」

アメリが出した条件だった。

——捜査を行うにあたって、仲間を人質として差し出すこと。

クラウスが逃げ出さないための保険だった。クラウスたちが逃亡したり、あるいは反抗的な態度をとったりすれば、人質は殺される。

ティアは、人質だ。

危険な役回りを彼女は受け入れてくれた。

「我々『ベリアス』と共に捜査してもらいますよ、御客人」

アメリは楽しそうに告げる。

続くように『蓮華人形』と名乗る女性、『自壊人形』と名乗る少年が笑う。

「サポートしますよ」「黙々と働くがいいです」

「マスターのために」「マスターのために」

「黙って従え、御客人」

ゴシック服を着た女性マスターと、修道服を着た女性とシルクハットの少年の副官二人。

背後にいるのは黒服を纏った十数人の人員。

冷静に見つめれば、なかなかエキセントリックな機関である。

——フェンド連邦の諜報《ちょうほう》機関・ＣＩＭの防諜専門部隊『ベリアス』。

——ディン共和国の諜報機関・対外情報室の新鋭チーム『灯』。

二つの合同捜査が始まろうとしていた。

目的は、皇太子暗殺容疑を負ったスパイ『浮雲』のランの捜索。

「悪いな。変なことになっちまって」

ジビアは返してもらった拳銃を服に隠しながら、クラウスの横に並んだ。

「構わない。捜査が行き詰まっていた以上、元々ＣＩＭとは接触する必要があった」

クラウスは優しい声音で口にする。

「繰り返すが、お前の方こそ、僕が来るまでよく耐えてくれたよ」

「我慢は慣れてる。二度とはごめんだけどな」

クラウスは小さく頷いた。

「では、取り掛かろう。胸を衝《つ》くような哀《かな》しみを背負って」

そうだな、と呟《つぶや》いた。『鳳』の無念を晴らすために、自分たちはここにいるのだ。

ジビアは一度クラウスの肩を叩《たた》き、前に出る。

痛みを背負い、『灯』は動く。

それは、フェンド連邦の地にて始まる――『鳳』への追悼の闘い。

2章『捜索』

脱衣所から出ると、冷たい空気が身体《からだ》を撫《な》でた。

サラはバスタオルで髪を拭きながら、キッチンに向かった。冷蔵庫から牛乳瓶を取り出し、少しずつ飲んでいく。仔犬《こいぬ》のジョニーも物欲しそうな顔をしていたが「お腹《なか》、壊すっすよ」と優しく諭した。

風呂《ふろ》上がりはすぐ髪を乾かさないと、癖っ毛が悪化してしまう。

すぐ櫛《くし》を取りに行こうとしたところで、リビングの様子が視界に入った。狭いマンションでは、同居人の行動はすぐに分かる。

「…………」

灰桃髪《はいももがみ》の少女がソファに座っていた。

『忘我《ぼうが》』のアネット。大きな眼帯をつけ、乱雑に灰桃髪を縛った、奇抜な容姿をしている。

普段は騒がしい彼女だったが、今はじっと黙ってテレビを見つめている。

ブラウン管のテレビは、ちょうどニュース番組を流していた。

《先月、ダリン皇太子殿下を狙った爆破テロ事件について——》
画面では、ハンサムで筋骨隆々とした男が手を振っている。
ダリン皇太子だ。ライボルト女王の第一子にして、いずれフェンド連邦全ての国々を代表する王になる男。
ニュースは、まず事件のあらましを語る。
《ダリン様が、国立物理研究センターを訪問した当日、センターに不審な荷物が見つかり、職員が触れたところ爆発。二名の死者、十名の重傷者が出ました。警察当局は全力で犯人の捜索に当たっており——》
犯人はいまだ見つかっていない。
その事実を含め、国中を揺るがす大ニュースとなっている。
ニュースキャスターは、国民の声を代弁した。テロリストに対する憤怒《ふんぬ》と、犯人が見つからない不安。ダリン皇太子は国民から絶大な人気がある。終戦後、外交行事では必ず顔を出し、世界各国との友好関係を築き上げた。
《ダリン様は大学時代、物理学を専攻し、非常に優秀な成績を収めておられました。この度の訪問は、その学友含む国内の研究者に励ましの——》
あとは彼のプロフィールを含む内容が語られる。

サラは力なく呟いた。

「……一体、この国で何が起きているんすかね？」

皇太子が命を狙われ、同胞の命が潰《つい》えた国。

その二つが関与しているなど思いたくないが――。

（不安っす……）

心臓が縮み上がる心地がした。

（恐《こわ》いっすよぉ……この国……）

自分たちよりずっと優れていた『鳳《おおとり》』が壊滅したという事実が、サラの体温をすっと奪っていった。シャワーから上がったばかりなのに、肌がうすら寒い。

つい、ぎゅっと身体を抱いていた。

「俺様っ」アネットが唐突に声をあげた。「このおじさん、気になりますっ」

「え？」

「なんだかムズムズしていますっ」

アネットはテレビから視線を外さない。ダリン皇太子に興味があるようだ。

サラは首を傾《かし》げる。

「ど、どういう意味っすか……？」

アネットは質問に答えなかった。ただ彼女は食い入るように画面を見つめている。その右目に何を映しているのか。

サラは、彼女が指先で弄んでいるものに気が付いた。

(ラン先輩の絡《から》め糸……)

アネットはテレビを見つめながら、あやとり遊びをしていた。用いているのは特製の糸だ。細くしなやかに硬い。『鳳』メンバー、『浮雲《うきぐも》』のランが使っていた武器だ。

意外な心地だった。

(アネット先輩もやっぱり『鳳』のことが好きだったんすかね……?)

サラは振り返る。

自分とアネットが体験していた蜜月を。

◆◆◆

──蜜月十日目。

騒々しく始まった『灯《ともしび》』と『鳳』の交流ではあるが、一つ問題を抱えていた。

アネットとランの関係である。

かつて龍沖《ロンチョン》でランは、アネットを「チビ助」呼ばわりしたらしい。自身の身長にコンプレックスを抱えているアネットは激怒。ランを容赦なく打ちのめし、半裸に剝《む》いて土下座までさせていた。

しかし、それでも尚《なお》アネットは許していないらしい。

ランが陽炎《かげろう》パレスにやってくると、アネットはすかさず彼女を捕獲しようと試みる。全力でランは逃走し、ついでに物を破壊していく。このやり取りは『灯』と『鳳』、双方においても迷惑だった。

という訳で、蜜月十日目、話し合いが開催された。

陽炎パレスの広間で、サラとアネットは、ある人物に頭を下げられていた。

「お願いだから、そろそろランを許してくれないかな？」

『鼓翼《こよく》』のキュール。

翡翠色の髪を後ろに束ねてポニーテールを作る、大きな眼鏡の少女だ。『鳳』では比較的、常識的な人物であり、何かと調整役を担っている。

彼女は申し訳なさそうに、アネットに両手を合わせていた。

「なんでキュール先輩が？」と尋ねるサラ。

「ランが直接話しかけたら、アネットちゃんは即、殺しにかかるでしょう？」

「そして、なんで自分も同席？」

「……ごめん。ワタシ、アネットちゃんと直接会話できる自信ない」

疲れた表情を浮かべるキュール。既に会話を試みたが、失敗に終わっているらしい。

サラの隣では、アネットが頬を膨らませている。

「俺様っ、何を言われようと許す気はないですっ！」

腕を組み、そっぽを向いている。

キュールは焼き菓子を差し出しながら「まぁそう言わずに」と微笑《ほほえ》んだ。

焼き菓子には惹《ひ》かれたらしく、アネットも「ん？」と顔を向ける。

しめたと言わんばかりに、すかさずキュールが言葉を続けた。

「うん、本人もすっごく反省しているから。珍しく人気店のクッキーまで用意してきてね。『アネット殿には本当に失礼なことを言ってしまった』って」

「ん？　アイツがですか？」

「うん、だからね、仲直りできないかなって」

懇願するようにキュールが告げる。

すかさずサラも口にした。

「アネット先輩、自分からもお願いするっすよ」

サラは彼女の背中に手を置いた。

子どもっぽく、時折、度を越えた過激な行動を取ることもあるが、決して情がないわけではないと知っている。

「…………………………」

アネットは、サラの顔と渡されたクッキーを交互に見つめ、唇を尖《とが》らせている。

「あのね、プランも考えてあるの」

キュールが楽しそうに両手を合わせた。

「ここから車で二時間のところに、綺麗《きれい》な滝があるんだ。そこへ二人に行ってもらってね。優しく握手をして、仲直りをしてもらうの。そうしたら滝の上で待機していたワタシたちは、『☆おめでとう☆』って描かれたボールを流して、祝福をして――」

「隙ありでござるうううううううぅっ！」

「「え？」」

突如、天井から人が降ってきた。

臙脂《えんじ》色の髪の、凜《りん》とした顔つきの少女。

――『浮雲』のラン。

唖然《あぜん》とするサラとキュールを無視して、指から伸ばした糸でアネットを縛り上げていく。

糸がまるで動物のように大きくうねり、アネットの四肢に巻き付いた。

現れる瞬間まで気配がなかった。

「はっはぁ！　これぞ、拙者の詐術――『隠密《おんみつ》』でござる！」

ランは糸を巧みに操り、高らかに笑う。

「拙者の特技『捕縛』との組み合わせ！　初見では太刀打ちできまい！」

糸は、既にアネットを完全に拘束していた。

足元から首に至るまで、完璧に縛り上げている。

「え、えぇと」

隣ではキュールが眉間を抓《つね》っている。

「なにやっているの、ラン」

「騙《だま》してすまぬ、キュール姉さん。こうしなければ、この悪魔を捕まえることは不可能でござった」

「あぁ、うん……」

「いやぁ、見事でござる。正気を疑うほどの激寒仲直りプラン。サラ殿も呆気《あっけ》に取られていたぞ？　あの壊滅的にセンスがない提案は、わざとであろう？」

「……え？　セ、センスなかった？」

目を見開き固まった後、「……一晩、真面目に考えたんだけどなぁ」と肩を落とすキュール。眼鏡のレンズ越しに見える瞳は、もはや濁っているように見える。

「さぁ！　クソチビ助！　いくらお前でも逃れられまい！」

対照的にランは上機嫌だ。

糸でぐるぐる巻きになっているアネットの前で高らかに笑っている。

「覚悟するでござる！　これよりは辱《はずかし》めの時間！　今までの鬱憤を百倍で返し、何度であろうと『チビ助』と連呼し――」

言葉は途中で途切れた。

アネットの服から飛び出た刃物が、糸を断ち切った。

「へ………？」

「俺様、こんなことだと思いましたっ」

アネットが身体《からだ》を揺すると、スカートから大量のナイフとドリルが落ちていく。

事前に対策済みだったらしい。

彼女は一番大きなドリルを拾い上げると、スイッチを入れた。人体など容易《たやす》く貫通するであろうドリルは、きゅいいいいいいいぃん、と大きな音を立てて回転し始める。

「ひっ」ランの顔が引きつった。

「俺様、二度も命乞いを聞くほど優しくありませんよっ？」

「ごめんなさいでござるうううぅっ！」

ランが逃走を開始する。アネットもまた彼女を追い、ドリルを握って走りだした。廊下から窓が割れる音が響き、モニカの「いちいち壊すな！」という怒号が聞こえてくる。

広間には、サラとキュールが取り残された。

「………サラちゃん、普通にごめんね」

「いや……気にしていないっす……」

茶番に付き合わされただけの二人だった。

「ねぇ、サラちゃん。よかったら、ワタシたち仲良くしない？　近いものを感じるんだ」

大きく疲れた顔でキュールが告げてくる。

「というか『灯』にも『鳳』にも、他に話が合いそうな人がいない……マジで……なんで面倒くさいの、コイツら……」

その不憫《ふびん》な目で見つめられると、さすがに断れなかった。

以降、サラとキュールは雑談仲間となる。とは言っても、八割以上キュールが疲れた顔で「サラちゃん聞いてサラちゃん！」と仲間の愚痴を吐くだけなのだが。ヴィンドとランが言うことを聞いてくれない、ビックスとファルマの無断外出が止まらない、クノーが何を考えているのか分からない、『灯』のみんなから「センスがない」と蔑まれる等。

いわば、彼女は『鳳』のまとめ役らしい。

メンバー全員のプライドが高く、先月までボス不在だった『鳳』で仲間同士の連携が取れていたのは、ひとえに彼女の手腕だった。

――数多《あまた》の苦労を引き受ける勤勉明敏な『鳳』の頭脳。

『鼓翼』のキュール。

◆◆◆

アネットが何か呟《つぶや》いた。

サラは、え、と聞き返す。物思いに耽《ふけ》っており、聞きそびれた。

『鳳』の壊滅の知らせを受けてから大分時間は経《た》つが、サラの心はまだ痛みを抱えていた。悲嘆に暮れている場合でないとは分かっているが、ふと気を抜いた時、浮かんでくるのは彼らの笑顔だった。

「霧が」アネットがもう一度繰り返した。「深くなりましたねっ」

「えっ、あぁ、そうっすね」

サラは相槌《あいづち》を打つ。

白く濁るように、窓から見える街に霧が立ち始めている。

すると、アネットが弾《はじ》かれるように立ち上がった。

「俺様、ちょっと出かけてきますっ」

「え？」

驚くサラの横を、アネットは鼻歌を奏でながら通り抜けていく。指先であやとり遊びをしながらだ。

時刻は既に深夜二時を回っている。

アネットは去り際、楽しそうに告げてきた。

「クラウスの兄貴からの密命ですっ」

その内容をサラが聞き返す前に、彼女は玄関を飛び出し、霧の中へ消えていった。

◇◇◇

ヒューロの街は深い霧に包まれていた。

車窓から見える夜景は、煙で覆われたように白く濁っている。

ここ最近は毎晩のように発生するという。原因は大気汚染だろう。工場で燃やされた石炭は煙やすすとなり空気に溶け込む。ディーゼル車から発生する亜硫酸ガスもまた地表近くに滞留する。それが霧となり視界を埋める。

フェンド連邦は、世界有数の工業国だ。

『産業革命』以降、首都ヒューロ近郊には大工場がいくつも作られ、前世紀では『世界の工場』とも称されていた。世界大戦で疲弊して以降は、その名は別大陸のムザイア合衆国に譲り渡しているが、現在でも首都近郊には多くの工場が立ち並んでいる。

また、その反面、大気汚染が深刻となっていた。

ヒューロの霧は、重く濃く、そして深い。

特に国会議事堂周辺は、夜になると、一寸先も見えなくなるほどの霧が覆った。

「しっかしなぁ――」

乗用車の後部座席に座るジビアは、ぼやいた。

「こうも深いもんかね、ヒューロの霧っつぅのは」

「「うるせぇです」」

返事は同時に、二方向から届いた。

ジビアの隣に座っている、修道服を纏《まと》った優し気な顔の女性――『蓮華人形《れんげにんぎょう》』。

運転席でハンドルを握る、黒いシルクハットとスーツの少年――『自壊人形《じかいにんぎょう》』。

『ベリアス』の副官二人だ。彼らはジビアを囲むような位置を取り、どこかへ連行していた。後方にも、もう一台『ベリアス』の車が追走している。

「別に貶《けな》している訳じゃねぇよ」

ジビアは手を振った。

「ただ、こう夜霧の中を運転すんのって恐《こわ》くねぇかって」

「慣れているものですよ」「さすがに徐行ですしね」

「お前が心配する話ではねぇです」「霧に乗じて逃げても無駄ですよ」

「ふぅん」

二人の副官はコンビネーション良く発言をする。

年も性別も異なるが、姉弟《きょうだい》にも見えない。まったくの赤の他人がピッタリと発言するのは、中々に異様だった。

ジビアは両手を頭の後ろに乗せ、足を組む。

「ま、安全ならいいけど――」

ドンッ、と鈍い音がした。

車体が揺れ、急ブレーキがかかる。

「「………………………………」」

長い沈黙。

霧でよく見えないが、前方で何かが現れた気がした。

「今、なんか撥《は》ねなかったかっ？」

「「さぁ……？」」

ジビアが悲鳴を上げ、副官二人が首を傾《かし》げる。

運転していた少年――『自壊人形』が一度車外に出ると、すぐに戻ってきて「街路樹の枝でした。折れたのでしょう」と報告してくる。『蓮華人形』が「ならよかったです」と無表情で呟き、その後何事もなかったように運転を再開する。

どうにもリズムを狂わせてくる二人だった。

やがて車はテレコ川沿いにある建物の前で止まった。

「到着ですよ、御客人」「我々が見つけた『鳳』のアジトです」

副官二人に説明され、ジビアは車から降りる。凹《へこ》んだボンネットに触れた後、その建物に入っていった。

『鳳』の拠点は、フラットと呼ばれる集合住宅だった。

産業革命直後、首都ヒューロ近郊に機械工場が林立し、ヒューロの人口が爆増する時代があった。一時は狭い部屋に七、八人が同居する劣悪な住環境だったらしい。百年近くの年月が経過し改善されているというが、その建物は狭く暗く、埃臭《ほこり》さが充満している。

七階建てフラットの二階角部屋を、『鳳』は拠点にしたらしい。

「ここがアイツらの潜伏場所……」ジビアが呻《うめ》く。

部屋を開ける。

ベッドやキャビネットが置かれている以外は何もない。ほぼ空き室だ。

「私物は既に回収済みです」

『蓮華人形』が解説した。

「御客人の目から見て、手がかりはありますか？　確認してください」

ジビアは部屋を物色する。

だが、探るような場所は何もなかった。彼らの所持品は全て取り除かれており、部屋も

１ＤＫほどの広さしかない。とりあえず家具の裏などを探っていく。

「ん――これは？」

ジビアがベッド下に手を伸ばしたところ、コトッと何かが転がる音が鳴った。摘《つ》まんでみたところ、太い万年筆が手の中にあった。

「まだ私物が残っていましたか」

『自壊人形』が歩み寄ってきて、さっと、それを取り上げる。

「念のため、回収しておきます」

「おい。まだ、あたしが確認して――」

声を荒らげ、ジビアが腕を伸ばした時だった。

二人の影が同時に動く。女性の影が巻き付くようにジビアの腕を摑《つか》むと、少年の影がジビアの首に巻き付いていた。

早業だった。

瞬《また》く間《ま》に取り押さえられる。

「さっきから」「うるせぇですよ、御客人」

左右からドスの利いた声が届く。

「――――っ！」

身体《からだ》を固定されたジビアは呻くしかない。

（やっぱり、コイツらも只者《ただもの》じゃねぇか……！）

彼らもまた『操《あやつ》り師《し》』と共に多くのスパイを捕縛し、自国を守ってきた一流のプレイヤーなのだ。影の戦争の第一線で動く実力者か。

「我々は決して味方ではありません。お忘れなく」と『蓮華人形』が呟く。

「アナタを殺すことなど訳ないのですよ」と『自壊人形』が呟く。

「アメリ様が、御客人の動きから」

「アナタの実力を推測してくれました」

「三流です」

「笑うほどの弱者です」

「過去スパイを倒したことはありますか？」

「ないでしょうね」

「多少暴力に長《た》けた一般人」

「暗殺技術を叩《たた》き込まれた一般人」

「あるいは複数人の仲間と共に」

「それでようやく一人、倒す」

「アナタが勝てるレベルはその程度」

「——とアメリ様は見抜きました」

「つまり我々からすれば」

「一流である我々からすれば」

「「テメェは取るに足らない三流スパイ」」

思わずジビアは舌打ちをする。

二人が耳元で囁《ささや》いてくる分析は、紛れもない真実だ。

ジビア含め、多くの『灯』メンバーは独力で敵スパイを倒したことはない。実績は、複数人で『屍《しかばね》』の弟子を倒したこと。『紫蟻《むらさきあり》』に支配された一般人を打倒したこと。最前線で闘うスパイたちに、ジビアたちは一度も勝てたことはない。『鳳』にも敗北を喫している。

しかし驚くべきは――それを僅かな対話で見抜くアメリの分析力。

ただの推理ではないだろう。クラウスと同じ原理か。膨大な経験の元で鍛えられた直感が、論理を超えて真実に辿《たど》り着く。

『蓮華人形』と『自壊人形』ほどの実力者が忠誠を誓うのも納得がいく。

「………そうかよ」

ジビアが力なく呟《つぶや》いたところで、解放された。

そのまま床に尻をついて座る。

結局、万年筆は奪われたままだ。「この御客人は手癖が悪いので」と『自壊人形』が呟き、相棒の『蓮華人形』に万年筆を手渡した。

受け取った彼女は「本部に連絡しておきます」と離れていく。

ジビアは息をつき、首を横に振った。

「哀《かな》しいですか？」『自壊人形』が呟いた。

「あ？」

ジビアが彼を見上げる。

少年はシルクハットを外し、指先でくるくると回していた。

「同胞を亡《うしな》って、どれほど苦しいのかって聞いているんです。三日三晩、枕を濡《ぬ》らしたくらいに？　恋人でもいましたか？」

「……なんだよ、唐突に」

「今は敵対関係ですが——全てが終わったら、話くらい聞いてやりますよ」

彼はハットを被《かぶ》り直す。

「もちろん、今はそんな余裕ないですがね。ダリン様を守ることが最優先です。そのために、きびきび働きやがれってことです」

「…………」

それは一体どんな気持ちで告げているのか。

（……よく分かんねぇ、やつら）

不思議な心地だが、とりあえず小声で「分かったよ」と返事をする。

そのタイミングで『蓮華人形』が戻ってきた。

「たった今、新たな指令が届きました」

彼女はまず相方の『自壊人形』に耳打ちする。彼は「なるほど」と頷《うなず》き、共に並んで、ジビアの方を見た。

「次のミッションですぜ、御客人」

『自壊人形』が怪しい笑みを見せる。

「おう、一体なんだ？　ランを見つけるためなら――」

「――脱げ」

「…………」

「だから――脱げ」

副官二名に予想外の言葉をぶつけられた。

「んんんんん？　ん⁇　んんんんんんんんんんんんんっ？」

◇◇◇

遡ること三十分前――。

クラウスとアメリもまたフェンド連邦郊外へ乗用車で移動していた。後部座席に並び、視線を合わせることなく正面を見つめている。

「我々の最優先は、ダリン皇太子殿下の守護です」

アメリが淡々とした口調で説明する。

「この国にとって太陽に等しい御方です。ダリン様に危害を加えようとする者は、直ちに捕らえねばならない。それが我々の使命です」

「そして皇太子を狙う容疑者が『鳳』であり、ランか」

クラウスは不服そうに答える。

「あり得ないな。ディン共和国には、ダリン皇太子を暗殺する動機がない」

「なら、なぜ『鳳』はダリン様を襲ったのでしょう?」

「その前提が間違いなんだろう。証拠を見せろ」

「お断りしますわ」

「………まぁいい。なんにせよ、ランは一刻でも早く見つけねばならないな。黒幕は別にいる。皇太子を守るためにも彼女から真実を聞き出した方が良い」

「随分と都合のいい憶測の気もしますがね」

「どうかな」

「まぁ構いませんわ。直ちに『浮雲』を捕らえる——彼女が再び、皇太子様を襲う前に」

アメリは冷たく言い切ち、クラウスは首を横に振る。

互いに互いの腹を探るような時間がしばらく続き、車は山道へと入っていく。しばらく坂道を上っていくと、やがて開けた場所に辿り着いた。

首都を見下ろすように聳《そび》える山の中腹に、ぽっかりと整備された地があった。平らな地に、二階建ての簡素な建物と、ショベルカーやクレーン車などの重機械が置かれている。

クラウスは解説する。

「リゾートホテルの建築予定地だったらしい。整備途中で計画が中断し、四年近く放置されている。建物は工事の際に作られた管理小屋だ」

アメリは車を降りながら、感心したように呟いた。

「まさか、こんな人気《ひとけ》のない山奥に――」

「あぁ」クラウスが同意する。「ディン共和国の通信室だ」

五人ほどの部下を引き連れ、アメリは管理小屋の中へ入っていく。

目的は、二階の角にある部屋だ。かつての事務室を通り抜けると扉があった。

鍵はかかっていた。

クラウスが手持ちの鍵で解錠する。

小さな部屋には、巨大な通信機が置かれている。ランプが赤く点滅している。電気は引かれているのだ。電灯のスイッチに触れると、照明が室内を照らした。

アメリが呟いた。

「ここで『浮雲』から最後の通信があったのですね？」

「その通りだ」

最後尾にいるクラウスが呟く。

「『自分以外の全員が殺された』とメッセンジャーへ報告を送った。以降ランとは連絡がつかない。ようやく消息が掴めたのが、お前たちがジビアを捕まえた時計屋だ」

アメリの部下は通信室の物色を開始する。

その間、アメリはクラウスからピッタリと離れなかった。彼女は両手に手袋をつけ、通信機に触れながら首を傾《かし》げている。

「…………砂？　いや、パンの食べカスでしょうか……」

通信機の表面には、大量のパンくずが撒《ま》かれていた。

「そして張り紙、ですか……？　『浮雲』の筆跡とは異なりますね」

通信機の前には、大きな紙が貼られていた。

〈ギリギリまで我慢！〉と記されている。

アメリは眉をひそめた。

「なんですか、この間抜けな警告文は……？」

　クラウスは「さぁな」と相槌《あいづち》を打った。

「ランは奇天烈《きてれつ》なやつだった。アイツの考えは読めん」

「…………」

　アメリは通信機を凝視したまま、動かない。部下に椅子を持ってこさせ、座り込んで黙っている。

　クラウスは、そのスパイの姿をじっと観察し続けた。

『ベリアス』の情報は、彼もほとんど持っていない。ここ最近台頭したチームなのだろう。ミータリオで紫蟻が暴れて以降、スパイの情勢は目まぐるしく変わっている。

　この魔女のようなゴスロリ女の実力は如何《いか》ほどのものか。

「臭いますね」

　アメリが口にした。

「排水溝の臭いでしょうか。ただ、管理小屋の隅々までは充満しておりませんわ。何者かが頻繁に出入りし、扉を開け閉めしているのでしょう」

　彼女はクラウスに視線を向けた。

「ここは二十四時間、見張っていますか？」

「いいや。街から離れているしな。人手も足りない」

「なるほど――これより、この通信室は二十四時間『ベリアス』が監視致します」

クラウスから鍵を奪い、きびきびと部下に指示を送り始める。

その上で彼女はまた、通信機の表面を撫《な》でた。

「時に御客人。『浮雲』のプロファイリングは――」

「あぁ、簡単に伝えておこ――」

「『浮雲』のラン。十六歳。闊達《かったつ》で明るい性格ですが、軽はずみな言動が目立つ。臆病。が、根っこの部分では固い信念があり、潜伏を主とした隠密《おんみつ》行動で貢献する――以上がワタクシの推測ですが、間違いありませんね？」

「…………………」

さすがのクラウスも唖然《あぜん》とする。

アメリが述べたのは、完璧に近い答えだった。

「正解のようですわね」

満足そうにアメリは頷いた。

「『浮雲』は周囲を警戒しつつ、同胞と接触したがっている。得意の潜伏技術で身を隠し、通信室とスパイが集まる場所を行き来している――それがワタクシの読みですわ」

「……見事だ。僕も同じように考えてはいた。成果は芳《かんば》しくないが――」

「土地勘の差でしょう」

アメリは通信室の床に落ちている、小さなゴミのようなものを摘《つ》まみ上げた。

一センチほどの赤い布片だった。

「クラディネット社の絨毯《じゅうたん》です。二千平方メートル以上の豪邸でなければ、この素材は卸しません。また七か月前から用いられた塗料。確認をとれば『浮雲』が通っている場所は絞られるでしょう。まぁ、ワタクシが知る限り一つですわ」

アメリは無駄なく推理を展開させる。

「〈白鷺《しらさぎ》の館〉――そこに『浮雲』は通っているはず」

「…………」

一方的に告げ、アメリは通信室から離れていった。

クラウスはその背を見つめ、彼女の評価を下す。

――ほぼ満点だ。

『操り師』のアメリ、影の戦争で暗躍する一流のプレイヤーだった。

「御客人、アナタたちにも一つ仕事を課しますわ」

「ん？」

彼女はクラウスに怪しい微笑《ほほえ》みを向けてくる。どこか嗜虐《しぎゃく》的な雰囲気を纏《まと》って。

「アナタたちには踊り狂ってもらいますわ、御客人」

◇◇◇

〈白鷺の館〉とは、資産家デイヴィッド・クリスが所有する屋敷《やしき》である。

大工場経営で成り上がった——いわゆるブルジョワである彼には、毎週末パーティーを主催する慣習があった。〈白鷺の宴《うたげ》〉と呼ばれる催しは、高い会費がかかるが、誰でも参加でき、資産家、政治家、官僚など二百人以上の成功者が集うことで有名だった。

目玉は、社交ダンス。立食形式のディナーが振る舞われるホールで、オーケストラの生演奏と共に、参加者はワルツを踊るのだ。

ただのダンスと侮《あなど》ることなかれ。

参加者にとって、これは試練なのだ。

主催者のデイヴィッド・クリスは語る。

——ダンスを見れば、人となりの全てが分かる。

家柄、能力、他者への気遣い、それらは踊りを見れば判断がつく。ダンス講師を雇えない貧しい家柄の者、ダンスを覚える才能が乏しい者、よいパートナーと巡り合えていない人脈のない者——紛《まが》い物《もの》は全て排斥できる。

その理論が正しいかは別として、そう考える者が出席するパーティーなのだ。

どんなに仕事ができる商売人であろうと、ワルツ一つ満足に踊れなければ、冷笑を浴びせられ、誰の相手にもされない。逆に、何一つ実績のない起業家だろうと、巧みなダンスを踊れば『見込みがある奴《やつ》だ』と評価が下される。

一見優雅にも見える〈白鷺の宴〉は、究極の社交界とも呼ばれている。


『浮雲』のランは〈白鷺の館〉に出入りした痕跡がある。

性質上、スパイが集いやすい催しだ。同胞と合流したい彼女にとって格好の場だろう。

今宵《こよい》もまた姿を見せるかもしれない。

唯一の懸念《けねん》は、周囲を警戒するランが、巧みに己の身を隠してしまい、すれ違いになることだ。その懸念を解消するためには、とにかく〈白鷺の館〉では目立った方が良い。

そうなれば、方法は一つ。

〈白鷺の館〉で誰よりも美しいワルツを踊ること！

――と、そのようなことがジビアに説明された。

「……いや、状況は理解できたが」

ぼそりとジビアが呟《つぶや》く。

眉をひそめる彼女が手にしているのは、『ベリアス』から支給されたブツ。

「だからってさぁ！　こんな布地がない服を用意するかぁっ？」

深紅のドレスだ。

広げてみれば、かなり大胆な作りだとは分かる。背面の布地は少なく、背中を大胆に露出させている。前方の布地も心もとなく、普通に着ても鎖骨を外部に晒《さら》すだろう。スカート部分は赤い布が折り重なっているが、大きなスリットも入っている。

こんなものを公然と着るのは、もはや痴女だけだ。

そう主張してみるが、『蓮華人形』いわく、パーティーならば大丈夫らしい。

渡してきた『蓮華人形』と『自壊人形』は煩わしそうに主張してきた。

「いいから着替えてください」「目立つには、それが最善です」

「すっげー悪目立ちしそうなんだが……」

「我々も一緒に踊りますので」「サポートしますよ」

そう言って彼らは、『ベリアス』の拠点の一室に押し込んでくる。

空き室だった。

小さな棚が二つ並べられているだけで、何もない。

「お前ら、マジで許さんからな。マジで。マジのマジで」

不平を主張するが、彼らは聞く耳を持たず扉を閉めた。外から鍵をかけられる。

パーティーが始まるまで、ここで待機らしい。

部屋には窓がなく、脱出は難しい。隅には、ビスケットと水が置かれていた。

（……そもそもドレスってどう着ればいいんだっけ？）

ドレスの他、コルセットや胸パッドなども与えられたが、いまいち使い方が思い出せない。養成学校で習ったはずだが、普段用いないせいで使用法を忘れがちだ。

頭を悩ませながら、顔をあげると、思わぬ人物と目が合った。

クラウスだった。

彼は既に着替え終えている。真っ白なワイシャツに、真っ黒のジャケット、黒の蝶《ちょう》ネクタイを身に纏い、部屋の奥にあったスタンドミラーの前で襟元を整えている。

「…………」

ジビアは無言で睨《にら》みつける。

合流するのはいいが、一つ大きな問題があった。

「…………なぁ、あたし、ここで着替えるよう命じられたんだが？」

「あぁ、僕も着替え終わったところだ」

「出てけよ」

「無理だ。定刻になるまで待機するよう、命じられている」

繰り返すが、空き室には棚が二つ並べられているだけだ。

視界を遮るようなものは何もない。

「……僕は鏡から離れ、後ろを向いている。それで勘弁してくれ」

「本気かよぉ……」

ジビアは大きく肩を落とし、顔を両手で覆った。

『ベリアス』に新たな着替え場所を要求する気にはなれなかった。一流のスパイ同士の現場なのだ。それくらい我慢するべきだろう。

諦めてジビアは着替え始めることにした。

クラウスに男性的な欲求が薄いことは、なんとなく把握している。彼が欲望をジビアたちに向けたことは、一度もない。それくらいの信頼関係はある。

――が、もちろん抵抗はなくはない。

高鳴る心臓の鼓動を感じつつ、ジビアは服を脱ぎ始める。念のため振り返るが、クラウスは身じろぎ一つしない。奇妙な悔しさもあるが、どんなリアクションなら満足だったのかは自分でも分からないので、あまり深く考えないようにした。

服の寸法は、ピッタリだった。

ドレスの着方を思い出しながら、真っ赤なシルクに肌を通していく。

が、一通り身に着けたところで気が付いた。

「……なぁ、アンタ」

「なんだ？」

クラウスが後ろ歩きで近寄ってきた。

「やっ、バ、バカッ！　ちけぇって――」

「この部屋には盗聴器が仕掛けられている。話なら小声で行え」

熱くなる顔を振り慌てて飛びのくが、クラウスは極めて冷静だった。

ジビアは深呼吸をして、心を落ち着かせる。

「い、いや、任務のことじゃねぇよ」

ジビアは普段通りの声で告げる。

「……腰のファスナー、上げてくれ。自分だけじゃ着られねぇ」

身体《からだ》にピッタリと固定するためなのだろう。最後の仕上げとしてドレスを締める留め具が付けられていた。

抵抗はあるが、背中を晒すしかない。

「分かった。振り向くぞ」

クラウスは一度声をかけ、反転する。

ジビアは露出した背中を、クラウスに見せる。背中の布地の少なさが頭によぎり、慌てて唇を噛《か》み、思考を閉ざす。さすがに臀部《でんぶ》までは見せていないはずだ。

「……………………」

クラウスはすぐファスナーに触れなかった。

ジビアは振り返り、睨みつける。

「じろじろ見んな」

「……そうだな、悪かった」

その真剣な表情を見て、彼に邪《よこしま》な感情がないことを確認する。

ジビアは身体を軽くひねり、己の背中を鏡に映した。贅肉《ぜいにく》がなく、すらっとした真っ白な背中。しかし、その腰の下部辺りには一見見えにくいが、うっすら線がはしっていた。

「どうせ他の仲間も知ってる。過去のもんだよ」

――傷跡。

過去にナイフで斬られた跡が、いまだにジビアの腰元には残っている。

幸い、その位置はちょうどドレスで隠れる場所だった。

「思いを馳《は》せていた」クラウスが呟いた。

「あ？」

「その傷が証明する、お前の勇気と優しさに。軽々しく肯定できるものではないが、僕は尊く感じるよ」

「どうも。けど、そんな褒め方はグレーテにとっておけよ」

ジビアは笑ってみせた。

クラウスは無言だった。

『百鬼《ひゃっき》』というスパイの事情は、養成学校の教官から聞かされているだろう。

残虐なギャングの長女――それがジビアの出自だ。

終戦後、ディン共和国の首都で略奪を繰り返した集団。混乱が続く国内情勢に便乗し、女子どもだろうと襲い、私腹を肥やした。特にその頭領は、殺人の天才だった。敵対する人間は遊ぶように殺し続けた。

悪魔の末裔《まつえい》、と当時を知る、共和国の政治家ウーヴェ＝アッペルは評したことがある。

「……『人食《ひとく》い』」

それが組織の名前だ。

ジビアは自嘲するように笑った。

「暴力が当たり前の世界で生きてきたんだ。もはや誰に断られたのかも覚えてねぇけど、これぐらいで済んで、むしろラッキーだよな」

「………」

「奪ったり奪われたり、それが、あたしが生きた場所だった」

父親はジビアの眼前で殺人を行った。父親の敵は、その報復としてジビアたち弟妹を狙った。父親自身からも暴力を受けたこともある。一歩街を出歩けば、子どもというだけで殴られるような街で生きてきた。

「その過去は」クラウスが尋ねる。「仲間にはまだ明かしてないのか?」

「ベラベラ語るようなものじゃねぇだろ」

ジビアは肩をすくめる。

――この傷を一生、自分は抱えて生きるのだろう。少し大げさに。

そう思ったタイミングで、クラウスがおもむろに腰の留め具へ手を伸ばした。

「ストップ」ジビアが呟く。

「なんだ?」

怪訝《けげん》そうにするクラウスに、小さな声で告げた。

「少し触ってくれ……そ、その、アンタの手のひらで……」

クラウスは小さく頷《うなず》き、傷の位置に手で触れてくれた。躊躇《ちゅうちょ》するような指の動きで触れ、やがて優しく手のひらを当ててくれた。

焚火《たきび》に近づいたような、じんわりとした温かみが伝わってくる。

悪くない心地だった。

「……お前はまだ孤児院に寄付しているのか？」

クラウスが優しい声で尋ねてくる。

ジビアは頬を緩めた。

「あぁ、成功報酬は全部ぶち込んでいる」

「大胆だな」

「細かい計算は面倒だしな。生活費は別で支給されているし」

「困ったら僕に言え」

「そうする。でも寄付はしばらくやめねぇよ」

ジビアは、はにかんだ。

「故郷みたいなもんだ。あたしや弟、妹を匿《かくま》ってくれた。たまに目を閉じて想像する……あたしの寄付金で、腹いっぱいのご飯を食べる弟や妹を……アホみたいに笑っている姿を……たとえ会えなくても、それで十分……」

弟たちの元気な姿を想像する時、心は温かな感情で満たされる。

それがジビアの原動力となる。

「十分だから……あたしから、これ以上、何も奪わないでほしい」

ジビアの唇が震える。

心の底から出てくる言葉。

ありとあらゆるものを奪われてきた幼少の頃から、ずっと抱き続けてきた願い。

しかし頭によぎるのは――『鳳』のメンバーたちの遺体。

ジビアはファスナーを指し示し、クラウスに上げるよう促した。すぐに彼はジビアの腰から手を離し、ファスナーを上げた。ドレスが引き締まり、身体にピッタリと纏《まと》わりつく。

鏡の前で一回転すると、軽やかにスカートが舞った。

最初は似合わないと感じたが、存外サマになっている。

「覚悟は決まった――奪われた復讐《ふくしゅう》をするために」

クラウスはただ短く「極上だ」と答えてくれた。

◇◇◇

五時間の待機の後、ジビアたちは〈白鷺《しらさぎ》の館〉に連れていかれた。

それは宮殿のような、巨大な建物だった。正門から玄関までバラ園が広がり、車で三分以上走ることになる。扉を開ければ、数十人を超える使用人が出迎え、化粧室にてお色直しをしたのち、ホールへ案内される。

テニスコート五面以上は入るであろう、巨大な吹き抜けのホールだった。天井にはシャンデリアが煌めき、正面の舞台ではオーケストラが並び、ジビアたちを出迎えるように演奏を始める。絶え間なくホールに人が訪れ、歓談を交わし始める。その中には貴族や政治家はもちろん、映画俳優やコメディアンの姿もあった。

舞台近くでは、立食形式に整えられた、御馳走《ごちそう》がズラリと並んでいる。

戦争特需で成り上がり富を独占した資産家による、贅《ぜい》を尽くしたダンスパーティー。これを見れば、革命を望む共産主義者の気持ちも分かる気がした。

夜六時、オーケストラの音楽が止まる。

主賓である、資産家デイヴィッド・クリスの挨拶は手短に済まされた。

後は各々《おのおの》自由に食ってよし、飲んでよしの時間だ。

だが、この館で注目されるのはやはりダンスだ。

ホールの中心に、広々とした空間が設けられており、そこに何組もの男女のペアが向かっていく。今宵《こよい》の催しを楽しむように、資産家の視線が集まりだした。

ジビアとクラウスは、その中央に立った。ペア同士向かい合って、直立する。

巨大なシャンデリアの真下だった。

「やっぱり見られんの、恥ずいな」とジビア。

「僕のリードに付いてくればいい」とクラウス。

その時、ジビアの耳飾りから声が漏れてくる。

内蔵された受信機からの音声だ。

《聞こえますか？　御客人》

アメリからだった。

会場のどこかでジビアたちを見ているようだ。

ジビアはそっと耳飾りに触れた。聞こえている、のサインだった。

《現在、我々は会場内を隈《くま》なく捜していますが、いまだ『浮雲』は見つかりません》

「だろうよ。アイツは隠れるのが上手《うま》いからな」

《ええ、巧みな変装をしているのか、優れた潜伏技術を用いているのでしょう。ゆえに、アナタたちの出番です》
「そうか」
《――目立ちなさい、御客人。潜んだランを誘い出せるほどに》
ジビアは肩をすくめた。
「あたしらは釣《つ》り餌《え》みたいなもんか。腹立つな」
「我慢するしかない。ランを発見できるまでの辛抱だ」
クラウスもどこか不機嫌に見えた。他機関の指示に従うしかない状況がストレスらしい。
《あまり、この屋敷《やしき》を見くびらない方がいいですわ》
アメリの困ったような声が届いてくる。
《言っておきますが、並のダンスでは目立つのは不可能です。今日も国中の起業家や落ち目の資産家が、一発逆転を期待し、このホールに臨んでいます》
周囲で待機するペアをそっと横目で確認する。
パリッとした下ろし立てのスーツを着て鼻息を荒くさせている男性や、極度の緊張で顔が赤くなっている女性が数多くいた。中には場慣れしているのか、涼し気な顔をしている長身のペアもいる。

——この会に出席する資産家たちは、ダンスの技量で器を測る。

一見無茶苦茶に見えるが、その実、合理的なのだ。

ダンスが上手い者は、おおよそ三つに分類される。幼少期から英才教育を受けさせる名家に生まれた者、よいダンス講師と出会えるほど富や人脈が豊富な者、あるいは、独学で向上できるほど凄《すさ》まじく要領が良い者。

ゆえに新参者はそれだけで注目が集まる。

オーケストラの指揮者が、そっと指揮棒を握りしめた。

ホールに集まるペアが互いに一礼し、そっと肩を組む。

《ダンスは二人で一つ。たとえ『燎火《かがりび》』のリードが完璧でも、従う女性が拙ければステップは崩れる。あるいは、二人のコンビネーションが乱れてもいけない》

アメリがしつこく告げてくる。

《ロクに準備もせず完璧なワルツを踊るのは、至難の業でしょう》

ジビアが頬を緩める。

「どう思う？　あたしらのコンビネーションが心配されているらしいぜ」

「そのようだな」

ジビアはクラウスに手を伸ばした。

「冗談だろ？」

「もちろんだ」

クラウスはジビアの左手を取り、ジビアの腰に左腕を回した。

指揮者が指揮棒を大きく振り、バイオリン奏者たちが一斉に舞踊曲を奏《かな》で始める。三拍子のリズムに乗った、伸びのある曲調。

その演奏に乗せて、ジビアとクラウス、そして、他のペアも動き出した。

フロアを反時計回りで回り始める男女たち。その二十組以上いる男女を、参加者たちはワインを片手に視線を投げかけるが、やがて吸い寄せられるように一つのペアに注目する。

――クラウスとジビアのペアだった。

《ん………》

驚きが混じった声がアメリから漏れた。

その瞬間、華やいでいたのは紛れもなく二人。

もちろん二人とも日常的に、社交ダンスを嗜《たしな》んでいる訳ではない。

クラウスは『煽惑』のハイジというかつてのチームメイトから一度手ほどきを受け、ジビアもまた養成学校で数時間習った程度だ。

しかし彼らにはある――抜群の運動神経と鍛え抜かれた身体能力が。

クラウスの力強いリードに従うように、ジビアはつま先から指先までピンと伸びた体幹を保ちながらターンをし、次の瞬間には完璧に停止する。緩急に富んだ、美しい動き。

二人は観衆の期待を受けながら、颯爽《さっそう》とホールの中央へ移動し――。


「あれ？」「ん？」

その直後、思いっきり転んだ。

◇◇◇

――〈白鷺の宴《うたげ》〉と同時刻。

『ベリアス』の拠点、カッシャード人形工房は静寂に包まれていた。メンバーの大半は出払い、わずか数名が資料を無言で読み漁《あさ》っている。これまでの動向から『浮雲』の行方を探ろうと地図を広げて、時折紙をめくる音だけが空間に流れる。

その地下室では、ある少女が情報を探る機会を窺《うかが》っていた。

（……案外丁重に扱ってくれるのね、スパイの人質というのは）

ティアである。

人質となっている彼女は、独房でお茶菓子を味わっていた。

独房とはいっても、清潔ではあったし、机と椅子、更には、暇を潰せる本まで用意してくれていた。夕方になれば、茶菓子付きの夕ご飯まで振る舞ってくれた。両手は手錠で拘束されているが、口にものを運ぶくらいの余裕はあった。

とある過去の体験から、ティアは人質に良い記憶はない。

だが、『ベリアス』の対応は紳士的で、こちらを拷問にかける素振りは見られない。ただ自由を奪っているだけだ。攻撃する意志は見られない。

(なら、少し欲張るべきかしら……)

彼女は静かに計算する。

『ベリアス』が握る情報の一端さえ摑《つか》めれば儲《もう》けものだ。

「あのー、少しいいかしら?」

勇気を絞り、ティアは独房の外へ声をかけた。

独房の外は、見張りの男が不愛想《ぶあいそう》な顔で座っているのみだ。眼鏡をかけた、引き締まった顔つきの青年だ。

「……………なに?」彼が煩わしそうに告げる。

「濡《ぬ》れたタオルを持ってきてくれないかしら？　汗で蒸れてきたのよ。夜は涼しいけど、この地下室は温かいのね」

「…………」

「不躾なお願いだけど、拭いてくれると助かるわ。両手が背中に回せないのよ」

身を捩り、できるだけ艶《つや》やかに微笑《ほほえ》んでみせる。

しかし男の反応は冷ややかだった。

「言っておくけど」

「……ん？」

「キミが生かされているのは、『燎火』の存在ゆえだ。キミに危害を加えて、あの男と敵対するのが面倒だからだ。そうでなければ、我々はすぐに拷問にかけるよ」

「あら、脅し？　余裕がないのね」

「見え見えの挑発は効かない。残念でした」

彼はこれ以上、取り合わないと言いたげに首を横に振る。欲目を出したティアの方には見向きもしない。

ただ会話が成り立たなかっただけだが、敗北した心地だ。

（やっぱり隙はないか……）

まだ本気を出していないが、生半可な色仕掛《いろじか》けが通じる相手ではなさそうだ。防諜《ぼうちょう》部隊に闇雲に挑む気にはなれない。

彼の脅しは効いていた——自分は、首の皮一枚で生かされているに過ぎないのだ。

微妙なバランスでもたらされている均衡。

もし彼らの気分が変われば、ティアの命を容易《たやす》く摘むことはできる。探りをかけることも命取りになりかねない。今は無事でも、今後の生存までは保証されない。

無意識に唇を噛《か》みしめていた。

「……可哀《かわい》そうにね」

見張りの男が呟《つぶや》いた。

「…………愚かな同胞がテロリストに堕《お》ちて、心を磨り減らすなんて」

きっとティアに投げられた言葉ではないだろう。本気でティアを憐《あわ》れむような、恐ろしく純粋な感想だった。

ゆえにティアの心を刺激する。

(愚か？　何を言っているのかしら？　この男は)

身体《からだ》の奥底から熱が湧き起こる。思わず反論したくなる衝動をぐっと堪《こら》えなくてはならなかった。自分のことを虚仮《こけ》にされても構わないが、彼らのことは別だ。

命を危機に晒《さら》している環境で、ティアはある女性を思い出す。

『羽琴《はこと》』のファルマ——ティアが親しくしていた『鳳』の女性だった。

◆◆◆

——蜜月十六日目。

交流から二週間が流れる頃には、良くも悪くも両者に遠慮がなくなっていた。

訓練が終わった時、『鳳』のメンバーが唐突に言い出した。

「今日はねぇ、ファルマたち女性陣は泊まっていくねぇ？」

「「「帰れよっ‼」」」

手入れされていない髪を伸ばした、ふくよかな女性——『羽琴』のファルマの発言だ。

彼女を筆頭にラン、キュールといった『鳳』女性メンバーは、『灯』の主張をいつも通りスルーし、ぞろぞろと二階に上がっていった。空き寝室を見つけると「おぉ」と声をあげ、各々《おのおの》の荷物を置き始める。

もはや止めようもない。

その日の晩ご飯や入浴はいつもの五倍騒がしいものとなった。

夜になればキュールが「朝までしりとりをしない？」とセンスがない提案をし、ランはまたアネットに追いかけ回され、そして、ファルマはエルナを抱き枕にしようと襲う。

ファルマがティアの寝室を訪れたのは、もう日付も変わるタイミングだった。

「ティアちゃん、グレーテちゃん、恋バナしようよぉ」

彼女は楽しそうにやってきた。

その脇には、ぐったりしているエルナが抱えられていた。眠っている。ファルマから逃げきれず捕獲され、そのまま抱き枕となる運命を受け入れ、熟睡したようだ。

「ノックくらいしなさい」

「………自由奔放な方ですね」

ティアともう一人、たまたま訪れていた、ガラス細工のような儚《はかな》さを纏《まと》う、赤髪《あかがみ》のボブカットの少女――『愛娘《まなむすめ》』のグレーテも顔をしかめる。

ファルマはベッドに腰をかけ、膝の上に眠るエルナを置いた。

ティアはベッド上の、彼女から離れた位置に座った。グレーテは椅子に腰をかける。

「別に恋愛話は嫌いじゃないけど……」

ティアは話を振った。

「実際『鳳』ってどうなの？　男女混合チームなんだし、色恋沙汰は発生するの？」

「わたくしも気になります……スパイ同士の恋は特に……」

グレーテが熱い眼差《まなざ》しを向けた。クラウスに恋心を抱いている彼女には、ぜひとも聞きたいトークテーマだろう。

ファルマは顎に指を当てた。

「なくはないけどぉ、発展しない感じかなぁ」

「へぇ」「なるほど……」

「ビックスくんとかカッコいいけどねぇ。やっぱ仲間相手じゃ本気にならないなぁ。こじらせたくないもん。向こうも多分、同じように考えているんじゃない？」

ほぉほぉ、とティアとグレーテは感心する。

普段は閉鎖的な組織にいる二人にとって、外から入ってくる恋愛話は中々に刺激的だ。

ファルマは茶目っ気たっぷりに語ってくる。

「ファルマはねぇ、敵との恋の方が燃えるタイプかなぁ」

「え……」

「例えば外国でさぁ、危ない組織に潜入するじゃない？　そこでねぇ、幹部の男と仲良くなるとか好きかも」

「いや、さすがにリスクが高すぎない？」ティアがたしなめる。

「だって欲望は止められないしねぇ。うん、実践しちゃおうかな」

彼女はベッドから立ち上がると、その場でくるりと回った。

「コードネーム『羽琴』──腐れ堕ちる時間にするよぉ？」

特別なことをしたようには見えない。

ただ──空気が根本的に変化した。

心臓の鼓動が速まっていく。じっとりとした汗が全身から伝い始める。目が乾き、瞬《まばた》きがうまくできなくなっていることに遅れて気が付く。その場から動けないのに、本能は紛れもなく警戒信号を発していた。

端的に言えば、不安になる。なぜか、無性に。

「落ち着かないでしょぉ？」

楽しそうにファルマは笑う。

「ちょっとした心理誘導だよ。一挙手一投足でねぇ、男を不安にさせて、ファルマに依存させるのが好きかなぁ。うん、これが一番燃えるかなぁ」

とんでもないことを平然と口にする。

ファルマは怪しげな笑みをたたえた。

「興奮するよ？　ミスした瞬間に殺されるスリルの敵地で、愛と情欲が迸るのは」

どこか狂気的な愉悦が、瞳の奥に滲《にじ》んでいた。

彼女はその後、しばらくティアたちの反応を窺《うかが》うように見つめていた。

「……………………………………………………………………………」

やけに長い沈黙。

真意が読めず、ティアは首を傾《かし》げる。

そしてファルマは楽しそうに「あ、そうだぁ！」と手を打った。

「せっかくだし、メンバー全員でドギツイ猥談《わいだん》大会を開こうよぉ！」

膝に乗せていたエルナを脇に置き、ファルマは部屋から飛び出していく。

残されたティアとグレーテは呆然《ぼうぜん》とする。

「……欲望に忠実な人なのね」「……素直すぎますね」

そう言葉を漏らすしかなかった。

以降もファルマは、陽炎パレスに頻繁に宿泊し、少女たちを困らせた。

とにかく人との距離感が近いスパイだった。所かまわず他人に抱き着き、どんなプライベート空間でもズカズカと入り込んでくる。

今冷静になると、それは自身の力に絶対的な自信があったのだろう。

呼吸、声音、指の振り方、首の曲げ方、あらゆるリズム、タイミング、距離感で相手の感情を揺さぶっていく。ただ目の前にいるだけで、対面する者の心を弄ぶ。

籠絡《ろうらく》を極めた、大胆不敵のメンタリスト。

――『羽琴』のファルマ。

◆◆◆

（……………本当におかしな人だったわ）

おっとりしているように見えて、『鳳』の中で一番過激な力を持っていた。

敵と友好的な関係を築くティアとも、また異なるスキルだ。相手を自身に溺れさせる、支配的な協力関係を結ばせる。

ゆえに学ぶべきことも多かった。

ティアは改めて独房に意識を移した。細部まで隈《くま》なく観察した後、おもむろに目を閉じた。眠るフリをして、手を耳に当て、耳を澄ませる。

変化にはすぐ気が付けた。

――廊下から聞こえる足音が減っている。

――『ベリアス』の大半は出払っているのだ。

そう分析をしたところで、ティアは息を吸った。

(やはり仕掛けるのは、今しかない……!)

もちろん敵地での情報収集は、かなりリスキーな行為だ。先ほど見張りの男に釘《くぎ》を刺されたばかりだ。メンタルが弱い自分に耐えられるのか、不安しかない。柄ではない。

――敵地を楽しめ。

――高鳴る心臓の鼓動と共に、情欲を迸《ほとばし》らせろ。

「ねぇ、また一ついいかしら?」

ティアが廊下の外へ声をかける。

「お手洗いに行きたいのだけれど……ちょっと緊張してしまって」

「………我慢はできないの?」

返事はすぐ返ってきた。見張りの男の面倒くさそうな声だ。

ティアは笑顔で返した。

「恥ずかしい話、無理そうなのよ。アナタだって嫌でしょう? 私のボスが帰ってきた時、私の服がひどく汚れていたら、あらぬ風評が立てられてしまうわ」

しばらくの沈黙があった。

やがて独房の扉が開き、黒服を纏う女性が入ってくる。二十代半ばの生真面目そうな人物だ。『ベリアス』の一員だろう。

「代わりにワタシがご案内しますよ、御客人」

彼女はてきぱきとティアの手錠を外し、別の手錠と腰縄をかけてきた。移動中は身体《からだ》を拘束するらしい。人質という身分を考えれば当然の措置か。

ティアは朗らかに微笑《ほほえ》んだ。

「女性がエスコートしてくれるの？　素敵ね。やっぱり男だと恥ずかしかったわ」

「問題があったら困りますし」

女性は事務的な口調で答える。

「アナタのような美しい女性には、口が緩む男性もいるでしょう。マスターの指示です」

「素晴らしい判断だと思うわ。勉強になるわね」

「我々の尊敬の的です」

女性は答えると、すぐに口を噤《つぐ》んだ。

余計な情報は与えぬ、と意志を表明するように。

(………やっぱり防御は固いわね)

廊下を進みながらティアは考える。

先ほどの見張り同様、かなり警戒されているようだ。相手が男性でなくなり、色仕掛《いろじか》け
の難易度は更に高くなっている。

(──でも、相手が人間である限りやりようはある)

ティアは、くすっ、とわざと大人びた笑みをしてみせた。

「逆効果じゃないかしら？」

「え？」

「だってアナタは──女性同士の方が好きなんでしょう？」

相手は唖然《あぜん》とした顔で振り向き、ティアを見つめ返してくる。

驚きの表情だった。

ティアは余裕たっぷりに微笑みで迎える。

「なんで、そんなことを……？」

「私には分かるのよ。アナタだって無意識に気づいているはずでしょう？」

嘘《うそ》だった。

ティアに、瞬時に心を見透かす力はない。

アメリに対する敬意から推察しただけだ。

だが、それでいい。根拠がなかろうと虚をつけばいい。思わぬことを告げられて、目を見開き、こちらに関心を向ければいい。自信満々に断言する小娘に動揺すればいい。

見つめ続けた相手の心を見透かす力はティアにあるのだから。

（コードネーム『夢語《ゆめがたり》』――惹き壊す時間よ）

内心で囁《ささや》き、ティアは一歩近づいた。親密な友人に振る舞うように笑いかける。

「トイレで少しお話ししましょう？」

「え、いや、アナタは何を……？」女性は恥ずかしそうに俯《うつむ》いた。

「これも何かの縁よ。アナタとは仲良くなれそうな気がするの」

ティアは手錠をかけられた両手を伸ばし、彼女の頬を撫《な》でる。

一度心を読んだ相手を、ティアが籠絡できなかったことは一度もない。

◇◇◇

〈白鷺《しらさぎ》の館〉では、館史上最悪のダンスが始まっていた。

「ジビア、傷を負った白鳥が痛みに耐え、そっと月を仰ぐように」

「そんな指示で伝わるかああああぁっ！」

「次は、右のような左だ」

「もう、わざと分かりにくく伝えてんだろっ⁉」

いつもの十倍抽象的な指示を出してくるクラウス。

そして、それに対し堂々と罵声を浴びせているジビア。

ホールを囲む観衆たちは呆然と見つめるしかない。彼らの思うところはただ一つ。

((((なんだか変なペアが紛れ込んでいるぞ……))))

困惑するしかない。

出だしは完璧に感じられたペアだったが、派手に転んで以降、リズムが崩れだした。

通常、このような劣悪なダンスをするペアは追い出すのが通例だ。

だが、奇妙なことに一人一人は優れた踊り手なのだ。動きの一つ一つに鍛え抜かれた体幹を感じさせ、緩急の付け方は明らかに素人《しろうと》のそれではない。

――しかし相性が最悪なのだ。

――両者の思惑がまったく噛《か》み合っていない。

両者が行きたい方向やステップのタイミングが噛み合わずところどころで衝突、転倒が見られる。

ここまで突飛なダンスは珍しく、どう対応すればいいのかも分からない。

終《しま》いには、二人同時に大きくバランスを崩し——。

「ん？」「あ」「「お、お前たちっ？」」

ジビアとクラウスのペアは、隣で踊っていた『自壊人形』と『蓮華人形』のペアと思いっきりぶつかった。

四人まとめて、近くのテーブルに突っ込んでいく。

テーブルクロスが引っ張られ、料理が盛られた皿が倒れていった。

ジビアが受け身を取るように伸びた腕が、『蓮華人形』の身体とぶつかり、クラウスの背中が『自壊人形』にぶつかる。四人は派手にテーブルの下に転がっていった。

《……一応、目立つという当初の目的は果たせていますか》

通信機からアメリの呆《あき》れ声が聞こえてくる。

《なるほど。世界最強のスパイ……アナタが本気で動けば、誰もついていけませんか》

こんな状況でも冷静な分析だった。

ジビアは肩にかかった串料理を払いながら、テーブルの下から這《は》い出る。その後、呆然とした顔でテーブルクロスを持ち上げる『蓮華人形』を睨《にら》む。

「交代！」ジビアが叫んだ。

「え……？」

「やってられるか！　お前がうちのボスと踊れ！」

現実問題、このままでは追い出されかねない。

ジビアは、目を見開く『蓮華人形』の背を強く押した。

唖然としていた彼女だったが、やがてアメリから《踊りなさい》と通信が入った。《燎《かがり》火《び》は手を抜くように。ワタクシの部下を傷物にされたら許しませんわ》

「了解した」

クラウスは『蓮華人形』の手を取り、フロアに戻っていった。先ほどのような強引なリードはせず、ゆっくりと踊っていく。彼にじっと見つめられ『蓮華人形』は面映ゆそうに頰を赤らめていた。

その様子を確認し、ジビアは控室に移動する。

ホール横に設けられた衣装や化粧を直すための部屋だが、幸い、誰の姿もなかった。大きなテーブルと椅子が雑然と並べられている。

赤くなる顔を手で扇ぎながら、椅子に腰をかける。

「すっげぇ恥をかいた気がする！」

「えぇ、見事な醜態でした」

答えるのは、フォーマルスーツ姿の少年『自壊人形』。

彼は監視役らしく、背後にピッタリと付いてきていた。

「あれほど注目を浴びたダンスは、後にも先にもないでしょう。笑い声が絶えない、魅力的な踊りでしたよ」

「嫌味かよ」

そう睨み返したところで、控室の扉が開き、ゴスロリ服の女性がやってくる。アメリだ。

『操り師』の異名を持つスパイは、こんな場でも服装を変えないらしい。

「――満点ですわ、小娘《リトルレディ》」

アメリが口にした。

ジビアは肩をすくめる。

「その嫌味はアンタの部下から聞いたところだ。で、ランは見つけられたのか？」

「いえ、まったく」

「あ？」

「アナタが無様に転倒し、全ての観衆がアナタに注目する一瞬、ワタクシたちはその観衆を確認していました――ですが、特別な反応をする者は一人もいませんでした」

つまらなそうにアメリは手を振った。

「パーティーは大きなトラブルもなく、恙《つつが》なく進行しています……強いてあげるなら、料理泥棒が現れた、とスタッフが慌てているくらいでしょうか」

「料理泥棒?」

「皿ごと料理が消えたのですわ」

「なんだそれ。ランの仕業か?」

「それなら面白いですが、まぁ、その線はないでしょう」

随分と豪快な泥棒がいたものだ。

アメリは、話を戻しましょう、と口にした。

「とにかく答えは一つ――『浮雲』は〈白鷺の館〉にいない。当てが外れましたわ」

「踊り損かよ」

「悲観する必要はありません。ただ、前提を見直す必要が生まれましたわ」

アメリはジビアの隣の椅子に腰をかけた。

すかさず『自壊人形』が部屋の隅に置かれたポットから、紅茶を淹《い》れた。

「ジビアさん……『浮雲』のお友達であるアナタに尋ねますわ」

「お友達って…………」

「ランさんは、そもそも『灯』と合流したがっているのでしょうか？」

　顔をしかめる。

「いやぁ、そりゃあランは合流したがって……」

「本当に？　三週間以上もアナタたちの前に姿を現さないのに？」

「…………」

「もし彼女にその意志があれば、合流できたでしょう。少なくとも〈白鷺の館〉にいれば、ジビアさんを見つけるのは容易《たやす》かった。このすれ違いは、ただの不運でしょうか？」

　ジビアは腕を組み、低く唸《うな》った。

「重傷を負って動けない、とか？」ジビアが仮説を述べる。

「それはあり得ない。昨晩の時計屋には、『浮雲』のものと思われる頭髪や指紋が残っていました。少なくとも昨晩までは発砲できる程、動くことができた」

「……そうだな」

「プロファイリングを間違えていたのでしょう――ワタクシと燎火、両方が」

　それはあり得ない、と反射的に思う。

　クラウスのずば抜けた直感が間違えるはずもない。ジビアの実力を初見で見抜いたアメリの観察眼も大したものだ。

——その二人から逃れ続けている『浮雲』のランをどう説明する？

ジビアが悩んでいると、アメリは呟《つぶや》いた。

「『鳳』のメンバーを殺したのは『浮雲』かもしれませんね」

「はぁっ？」

ジビアが目を見張った。

これまで思い付きもしなかった暴論だった。

「そんな訳がねぇ——」

「むしろ順当な発想でしょう？　『鳳』が壊滅したことも、彼女が『灯』と合流しなかったのも説明できます」

「い、いやアイツがそんなことするはずが……」

「考えが甘いですわね。この世界には山ほどありますよ。醜く惨《むご》い、裏切りは」

「………っ」

乾いた視線で見つめられて、ジビアは言葉を失う。

そこで控室の扉が開き、ドレス姿の女性が飛び込んできた。他の参加者かと思ったら、アメリに何かを耳打ちしている。擬態した『ベリアス』の部下らしい。

アメリは口元を歪《ゆが》めた。

「ちょうどよかった。今すぐワタクシと一緒に来てください」

「あ……」

「少々面白いものをお見せしますわ」

『自壊人形』が椅子を引き、アメリが立ち上がる。いつの間にか、彼女の右手には指揮棒が握られている。

少なくとも良い予感はしなかった。

◇◇◇

バイオリンの音はまだ聞こえてくる。

ジビアたちが無茶苦茶に荒らしたが、その後もダンスパーティーは続いているようだ。

アメリは七人の部下を引き連れて、一度屋外に出、屋敷《やしき》を回り込むように歩いている。

警備員がいないはずもないだろうが、すれ違わない。人払いを済ませたのか。

先頭のアメリが「『蓮華人形』はまだダンス中でしょうか？」と問いかけた。

彼女が頼りにする副官は今のところ、少年一人だけだ。

「アイツ抜きでも十分ですよ、マスター」『自壊人形』が誇らしげに答える。

「『蓮華人形』は柄にもなく、イケメンと踊れて舞い上がっていやがるんです。奴《やつ》はクビにしましょう」

「あらあら、それは困りますわね」

うすら寒い会話にジビアは顔をしかめる。

「お、おい。一体あたしをどこへ――」

「この〈白鷺《しらさぎ》の館〉は、スパイが集いやすいパーティーとは説明しましたね？」

アメリが立ち止まる。

建物の裏側にちょうど到着した。生い茂った植木に阻《はば》まれて、そこからの光景はよく見えない。

「ガルガド帝国のスパイが発見されたそうです。哀《かな》しいお話ですわ」

特に哀しそうな感情もなく、アメリが述べる。

『自壊人形』が「ほら、使いやがれです」と双眼鏡を差し出してきた。

ジビアは木々の隙間から顔を出した。

建物の裏にはテラスがあり、数人の男女が夜風に身を晒《さら》していた。パーティーの喧騒《けんそう》から離れ、休憩しているのだろう。ワイングラスを脇に置き語らう様は、なんとなく淫靡《いんび》な雰囲気を醸《かも》し出していた。

「ええ、と………」

「右から五番目の窓にいる男女ですわ」

教えられても、すぐには分からなかった。

一見、裕福な中年夫婦のように見える。このパーティーならば、どこでも見られる普通の参加者だ。スパイらしさはない。

だが、アメリたちの目には、国を蝕《むしば》む工作員として映っているようだ。

「アイツらがランに関わっているのか？」

「残念ですが、おそらくは別の動機で忍び込んだ者でしょう。このパーティーの参加者、詳細は明かしませんが、軍事関係の人間の弱みを握るための密談を交わしていたところ、我々の部下が気づいたのですわ」

ランの捜索とは、完全に別件らしい。

ジビアが首を捻《ひね》る。

「……パッと見、ガルガド帝国の人間には見えないけどな」

「フェンド連邦の国民ですわね。愛国心を捨て、王に仇《あだ》なす反逆者に堕《お》ちた裏切り者」

アメリは指揮棒を振り上げた。

「――【演目96番】【演目65番】【演目1番】」

『ベリアス』の部下が建物を上りだした。

テラスに集まっているのは、九人ほどの男女。和やかな会話を交わす彼らは、その一瞬、視線を夜空に移した。

花火が打ち上げられたのだ。

同時に、屋根から降り立った『ベリアス』の部下四名が、ターゲットの男女を攫《さら》う。

物音は、花火の炸裂《さくれつ》音がかき消しただろう。だが、周囲に一切気づかれず、数秒で人攫《ひとさら》いをする様は、もはや手品の域に達していた。ターゲットの口元を押さえ、別の人間が足を抱え込むように摑《つか》み、テラスから落としていく。

落下の際、部下の一人が膝を女の首に当て、地面と挟んだ。

花火の音と同時に、骨が砕ける音が響いた。

「え……」

「尋問は一人いれば十分でしょう?」

頸椎《けいつい》を折られたであろう女性は、動かなくなる。即死だ。

その相方であろう男は、まだ抵抗していた。テラスから落とされた際に、拘束を振りほどき、裏庭の樹木の間へ逃げ込もうとする。

「――【演目95番】」

アメリが指揮棒を振るった。

「マスターから逃げられると思ってんなら――」

先読みしていたように、『自壊人形』が男の前に移動していた。手には大きな金槌《かなづち》が握られている。

「――浅慮すぎて笑えるぜ」

鈍い音がいくつか響いた。

『自壊人形』が短い時間で、男を何発も殴っていったらしい。やがて跪《ひざまず》いた男の襟首を摑み、アメリの方へ引きずっていく。

花火の打ち上げが終わる頃には、『ベリアス』の総員は建物の陰に隠れていた。

テラスにいる人間は、何が起こったのか一切気づかないまま、花火の感想を交わしている。さっきまで横にいた男女の消失さえ悟れないようだ。

「…………………………………………」

その手腕にジビアは絶句する。

やがて『自壊人形』は、アメリの前に捕らえた男を差し出した。狩りで捕まえた獲物を自慢する猟犬のように、得意げな顔をしていた。

男の意識はあるようだが、全身の力が抜けたように四肢を投げだしている。

アメリが解説する。

「『自壊人形』はあばら骨を上手にへし折れるんです。内臓を一切傷つけない力加減で、大したものですよ。まぁ少し動けば、骨片が肉に刺さって激痛が走るのですが」

男が抵抗しないのは、骨を折られているせいらしい。

「アナタも本来拷問にかけられる身ですよ。『燎火』さえいなければ」

しっかりと脅される。

アメリの前に連れ出された男は、一見優しそうな無辜《むこ》の市民に見えた。やや腹回りが大きいが、それも穏やかな性格を想起させる。街でレストランに勤めていそうな印象だ。

「初めまして」アメリは微笑《ほほえ》む。「ＣＩＭの者です。そう言えば説明は不要ですわね？」

「ゆ、許して………」

ＣＩＭ、という単語から男は全てを察したようだ。

フェンド連邦の諜報《ちょうほう》機関の名は、国民の畏怖の対象となっているらしい。

「……全部、吐く………味方のことも、何もかも……言うから」

「拠点に連れて行き、拷問班に引き渡してください」

アメリが吐き捨てるように言った。

部下が彼の口に猿ぐつわを嵌《は》め、女の遺体と共に巨大なカバンにしまっていく。男は抗《あらが》うように身を捩《よじ》ったが、折れた骨が刺さるのか、痛ましい声をあげた。

アメリは彼らの行方を見送った。

「あの男、あっさり身内を裏切りましたね」

隣に立つジビアが睨《にら》む。

「…………何が言いたいんだよ？」

「人は簡単に祖国も仲間も裏切るんですよ」アメリは呟《つぶや》く。「おそらく『浮雲』のランも」

それがジビアに現場を見せた理由らしい。

あるいは脅迫のためか。目の前で実力を見せつけ、ジビアの心を揺さぶり、情報を引き出したいのか。

確かに恐怖心は煽《あお》られた。彼らはあっさりと自国民を殺していた。

殺人現場を見るのは初めてではない。暴力に晒された幼少期、そしてスパイの世界に生きてきた十か月間。『鳳』も使命のため、龍沖のマフィアを殺していた。

だが『ベリアス』が殺したのは、本来守るべき人間のはずだ。

「……どうしてここまでできる？　自国民だろ？」

「王を守るためという理由はあらゆる倫理を超越します」

「王……？」

「絶対正義」アメリは断言する。「我々は常に正しく間違えない」

厳しい声音だった。有無を言わせない圧がある。

それはフェンド連邦を守り続けてきた誇りなのだろう。アメリを囲み、ジビアを睨んでいる部下たちも、皆、瞳に使命感を滾《たぎ》らせていた。

「さぁ、小娘《リトルレディ》。我々にどんな立場を取るのが相応《ふさわ》しいか、分かるでしょう？　もしまだ隠している事実があるなら――」

「マスター」

新たな部下が駆け付けてきた。

興を削《そ》がれたように『ベリアス』のメンバーが、彼を見つめる。だが、やってきた男の顔の青さを見て、言葉を失う。

「大変な事態が起きました」

愕然《がくぜん》とした声だった。

「先ほど――ダリン皇太子様が暗殺されました」

その場にいる誰もが息を呑《の》んだ。

ジビアも何も言えなかった。

時間が凍り付いたように誰も動けない。

それは『ベリアス』にとって、あってはならない訃報だった。彼らはその者を守るために動いていたのだから。

「嘘《うそ》、でしょう…………？」

アメリが力なく呻《うめ》いた。

◇◇◇

世界が驚愕《きょうがく》するニュースはあっさりと伝えられた。

ダリン皇太子は国防省の研究所を訪問し宮殿に戻る際、公用車から出たところをライフルで狙撃されたらしい。針の穴を突くような正確な射撃は、ＳＰたちの隙間を通り抜け、皇太子の頭部を吹き飛ばした。

ダリン皇太子の周辺には、『ベリアス』以外にも多くの防諜《ぼうちょう》チームが関わり、防衛に当たっていた。その誰もが止められなかった暗殺だった。

あり得ない、とジビアは直感的に把握する。

まずメリットが恐ろしく存在しない。

軍事力世界二位のフェンド連邦を敵に回す行為なのだ。それに見合うリターンが、このテロに存在するとは思えない。フェンド連邦の国民が悲嘆に暮れ、一時の混乱を迎えるが、それも僅かな期間だろう。頭のおかしい革命家以外は、手を出すはずがない。

実行犯は、紛れもなく全世界を敵に回した。

そのニュースを、しばらくジビアは信じられなかった。『ベリアス』の人間たちも同様の感情であっただろう。

『ベリアス』の車に乗り、現場に移動させられる間、誰もが言葉を発しなかった。

首都ヒューロにある宮殿に到着すると、深夜にもかかわらず多くの人間が集っていた。地元警察が交通規制をかけ、人の移動を制限している。一般人は近づけないようにしているらしいが、いずれこの訃報は世界中に届くだろう。

宮殿の出入り口には、飛び散った血が生々しく残っていた。

地面を赤く染めている血は、ちょうど一人分。遺体はもう残っていない。

警察とＣＩＭの関係者らしき人間が怒号をあげて、現場を行き来していた。狙撃したスナイパーを拘束するため、血眼になって捜索している。

アメリが乱暴にジビアとクラウスの襟首を摑み、現場に立たせた。

「…………ここでダリン皇太子様は殺されました」

鋭い口調でアメリが告げる。

「探りなさい、御客人」

「いや、そんなこと言われても……」

ジビアは眉をひそめる。

ただの殺人現場を見せられても、ジビアにできることは何もない。遺体は既に別の場所に移されているのだ。

「探りなさいっ！　駄犬どもっ！」

アメリが声を荒らげた。

彼女にしては珍しい大声だ。痛烈な感情をストレートにぶつけられる。

──『ベリアス』は任務を失敗したのだ。

皇太子暗殺未遂事件の容疑者を捕らえられず、暗殺を防げなかった。もちろん『ベリアス』だけの責任ではない。フェンド連邦の諜報機関・ＣＩＭ全ての敗北だった。

「八つ当たりはやめてもらおうか」

クラウスが残念そうに首を横に振った。

「……ランが行った痕跡はない。押収《おうしゅう》された証拠を見せろ。役に立てるかもしれない」

「そんな重要機密を見せるとでも？」

力強い拒絶。

その上でアメリは不服そうに舌打ちする。

「…………ダリン様を撃ったのは、ディン共和国産の銃弾でした」

「そうだな。だが、それだけでランが行った証拠にはならない」

「他に容疑者がいますか？」

「それを見つけるのは、お前たちの仕事だ」

「…………っ」

「繰り返すが、ランが暗殺に関わっているはずがない」

「……知っていることを全て吐きなさい。さもなくば人質を殺します」

「話せることは全て明かしたさ。どうする？　捜索を続けるか？　次に僕たちは何をすればいい？　それとも僕と殺し合う覚悟で、人質を拷問にかけるか？」

クラウスは憐《あわ》れむような視線を向けている。

アメリは、ジビアたちの襟首を離した。

「――帰りなさい」

「邪魔です。人質も解放します。どうせアナタたちでは『浮雲』を捕まえられない」

アメリの声は、次第に震えていく。

「え……」

「……かつてワタクシは、ダリン様とお会いしたことがありました……ワタクシのような影の人間にも、微笑みを与えてくださいました。我々が守るべき、光でした。長く続いた大戦の、最後まで希望を支え続けてきた……それを守るのが、ワタクシの使命だと……」

彼女は目元を指で隠した。

その間から水滴が溢《あふ》れている。

「ダリン皇太子殿下ぁ…………っ」

濡《ぬ》れた地面に膝を突き、彼女は声をあげて泣き始める。

感情のない、機械のような人間かと思っていたが、決してそうではないようだ。鉄の仮面を取り払ったように、一人の女性が泣いているだけだった。

クラウスがジビアの肩を叩《たた》いた。

「行こう。僕たちにできることは何もない」

そうだな、と返事をした。

彼女たちはこれから狙撃手探しに付きっ切りになるだろう。自分たちは邪魔になる。

「一つ教えてください」

背中から声をかけられる。

振り向くと、目元を真っ赤に腫らしたアメリの姿があった。

「アナタたちは敵ですか？　それとも我々の味方？」

「味方だ」クラウスが答える。「フェンド連邦と敵対する気はない」

「なら直ちに『浮雲』を見つけ、ワタクシの下へ連れてきなさい」

「連れてきてどうする？」

「拷問の末、抹殺します」

涙で濡れるアメリの瞳が、憤怒《ふんぬ》の色を帯び始める。

「『浮雲』を庇《かば》うならば――我々ＣＩＭは全力でディン共和国を潰します」

クラウスは何も返事をしなかった。

世界が歪《ゆが》み始める。

漆黒の悪意により、また一つ希望が失われる。

◇◇◇

夜から降り出した雨が、窓を強く叩いている。

天気予報いわく、深夜には降り止《や》むというが、とてもそうとは思えなかった。街ごと洗い流しそうな雨がバチバチと強い音を部屋に響かせていた。

「………………の」

エルナはキッチンでミルクスープを煮込んでいた。頭に氷嚢《ひょうのう》を乗せて、うまくバランスを取りながら木べらを握っている。

「たっぷり作ったの。多すぎるくらいなの」

バター、小麦粉、香味野菜とベーコンをたっぷりと入れた鍋をかき混ぜる。味見をしようと小皿に取り分け、何度も息を吹きかけ、丁寧に冷ます。

だが野菜を一つ齧《かじ》ったところで、つい溜《た》め息が出た。

「………違うの」

問題なく火は通っている。野菜は新鮮なものを買ってきたつもりだ。

が、何かが違う。

(クノーさんの野菜は、もっと美味《おい》しかったの……)

一体何が違うんだろうか、とエルナは瞳を閉じて、考える。

◆◆◆

――蜜月二十四日目。

『鳳』と『灯』の交流がすっかり深まっていた時期だった。

特にこの時期は『灯』の休暇も終わり、国内の防諜任務に励んでいた。任務が行き詰まった時、クラウスにアドバイスを求めても解決しないことが多いのだが、その際は『鳳』が助け船を出してくれる。『灯』の少女には悔しい事実だが、彼らのアドバイスに従うと任務はスムーズに進んだ。

かくして交流は、公私共に深まっていく。

だが、それゆえに浮き彫りになる――『灯』と一切交流しない『鳳』メンバーの存在が。

その人物は大抵、庭の端に並べられたプランターの前にいる。

「……………………是《ぜ》、実った」

『凱風《がいふう》』のクノー。

不穏な仮面をつけた大男だ。

熊にも見える巨体の男は、『灯』の少女とは顔も合わせず、黙々と野菜に水をやり、土に肥料を混ぜている。

――なぜあの男は人の庭で、勝手に野菜を育てているのか。

――一体何が目的で陽炎パレスを訪れているのか。

疑問は尽きず、『鳳』男性陣ヴィンドとビックスに尋ねても「俺が知るか」「謎ですね♪」としか返ってこない。割とドライな関係らしい。

結果、時折『灯』の少女は不審人物を観察していた。

この日見つめていたのは、リリィとエルナだった。物陰に隠れて、クノーが何か良からぬ企《たくら》みをしていないか、探る。

「しかし、普通、他人の庭で野菜を作りますかね？」とリリィ。

「要注意なの。『鳳』を常識で測ってはいけないの」とエルナ。

クノーはプランターの前でしゃがみ、大きな背中をこちらに向けている。

二人は、ひそひそ声で会話をする。

「怪しいです。さっき、わたしのお花に虫を押し付けていました」

「リリィお姉ちゃん、お花なんて育てているの？」

「はい。主に毒を含んでいるものですが。調達しにくいものは、自分で育てています」

「真面目なの」

「ゆえにクノーさんの野菜はライバル視していますよぉ！」

「しっ。そんな声をあげると、相手に聞こえてしまうかもしれないの」

クノーが振り向いた。

「…………否《いな》。聞こえている。お前たちは騒がしすぎる……」

「「っ⁉」」

低い声で話しかけられた。

隠れているのも恥ずかしく、リリィは、あははー、と誤魔化し笑いをして、前に出た。

人見知りのエルナも頑張って、後ろに続いた。

「もう単刀直入に聞きますが」

リリィが彼の前に立った。

「なんで他の『鳳』連中のように絡《から》んでこないんですか？」

「……それが相応《ふさわ》しいからだ」

クノーは小さく頷《うなず》いた。

「……おれは、ヴィンドやビックスの影だ……目立つ必要はない。最後まで姿を隠し、闇に蠢《うごめ》くのみ……ここには『鳳』の仲間として来ている……ただの義理だ……」

彼の言葉は一つ一つが重たい。

「……おれは、目立たない方が良い」

諦念が混じっているようにも聞こえる声だった。

並々ならぬ決意を感じる。確かにヴィンドとビックスは飛びぬけて優秀な存在だ。別格の男二人といれば、引け目を感じる時もあるだろうが。

エルナとリリィは同時に息を呑《の》んだ。

「それは、もしかして」「スパイとしての信念ですか？」

「……おれは恥ずかしがり屋だ」

「「理由が弱い！」」

思わず叫ぶ二人。

が、そのあとで「でも分かるの！」とエルナも同意する。

クノーは、仮面越しにエルナを見つめた。人見知り同士、思うところがあるらしい。

「……………お前は、違う」

「の？」エルナが首を捻《ひね》る。

「……血族じゃない……が、近しいところにある……なら……見ろ。おれの技を……」

クノーは両手を広げた。

「コードネーム『凱風』——吠《ほ》え忍ぶ、時間……」

彼の両手には、管が握られていた。細いゴム管だ。その管は二本とも、彼の左右にあるプランターに伸びている。彼が野菜を植えているものだ。卵から雛《ひな》が孵《かえ》る瞬間のように、表面の土にヒビが入った瞬間、コードが野菜と共に飛び出していく。

管が発火する。

リリィとエルナを囲むように、炎が燃え上がった。

プランターにそんな仕掛けを施していたことを、少女たちは気づきもしなかった。ゴム管には油が通っていたのだろう。

「…………おれにとって、この世界は、眩《まぶ》しすぎる…………」

　空に上がる火を見つめ、クノーは口にする。

「……歪んだおれには、息苦しいことばかりだ……だが見ろ。だからこそ……最後の最後まで隠れ……打ち上げる炎は特別に美しい……この炎の色だけが、おれの魂だ……」

　見上げる彼の顔には、仮面と皮膚の間に隙間が生まれていた。僅かに見えたのは、幼い子どものように輝かす、あどけない表情だった。

　炎はすぐに消えた。

　地面に転がったカブやニンジンからは香ばしい匂いがしている。

「……さっきはテントウムシが止まっていた。益虫だ……燃やし殺す前に、移した……」

　クノーは焦げたカブを拾うと、少し皮を剝《む》いた。

　強烈な火力で一瞬で蒸されたのか、瑞々《みずみず》しい色の身が姿を見せた。

「…………焼けた野菜だ。皮を剝けば食べられる……おれの仲間が迷惑かけている。他のやつらにも渡してくれ……」

　クノーはそれらの野菜をザルに乗せ、エルナに差し出した。

　彼が丁寧に育てたカブやニンジンは、市販品よりも遥《はる》かに大きく、質が良い。齧れば甘いだろうということは、見るからに分かる。

リリィは口を開けていた。

「もしかして、このためにほぼ一か月、ここで過ごしたんですか？」

「…………是」

「律儀《りちぎ》過ぎるのっ！」

エルナが大きく叫んだ。

クノーは『灯』と毎日のように関わっていた人物ではない。

思えば、人とズレた感覚を持った存在なのだろう。『灯』で言うアネットのように、常人では理解できない感性の元で動いていた。空を炎で覆った一瞬、ウットリと心地よさそうにしていた声音からも、彼の危険な本性は窺《うかが》える。

しかし『灯』の少女の前では、その本性を秘め、優しい年長者として接してくれた。

本能と理性を行き来する技術者――『凱風』のクノー。

◆◆◆

エルナがコンロの火を止めたところで、ノックの音が響いた。

大きく二回、小さく一回、大きく一回。

事前に取り決められた符号だ。尾行もなく、無事に帰ってこられたらしい。エルナがすぐに扉を開けると、ジビアが疲れ顔で立っていた。

「ジビアお姉ちゃんっ！」

彼女は「おぅ、ただいま」と手を振った。強い雨に打たれたらしく、服がぐっしょりと濡《ぬ》れ、床に水滴を垂らしている。

「お疲れ様なの」と声をかけつつ、エルナはタオルを手渡した。

「おぅ……ん？」

ジビアが頭を拭き、不思議そうに尋ねる。

「お前、頭どうした？　その氷」

「ちょっとぶつけたの」エルナは頭の上に乗せた氷嚢《ひょうのう》を支える。「問題ないの。それより、ジビアお姉ちゃんの方が――」

「あー、こっちも大丈夫。ちょっと頭を冷やしたかっただけ」

「の？」

「けっこう色々あったんだ。衝撃的なやつが」

ジビアは水を大量に吸った服を脱いで、暖炉の椅子に腰をかけた。下着姿のままで座り、濡れた服を乾かした。

これまでのあらましが簡潔に語られた。

『ベリアス』という組織に捕まり、『鳳』にダリン皇太子暗殺未遂の容疑がかけられていたこと。ラン捜索のために各地を回っていたこと。〈白鷺《しらさぎ》の館〉という場所でワルツを踊っていたが、突如ダリン皇太子の訃報が届いたこと。

エルナは目を丸くする。

いくつも驚きはあったが、一番は最後に告げられた内容だった。

「ダリン皇太子が、殺されたの……⁉」

「あぁ。正直、謎だらけだ。マジで意味分かんねぇ」

「……世界中が驚天動地なの」

「しかも、その容疑者がラン――身内ってことも笑えねぇな」

思いつめた表情で彼女は呟《つぶや》いた。

その通りだ。今回の謎は多い。

――『鳳』はなぜ壊滅したのか。

――なぜ『ベリアス』は、『鳳』を皇太子暗殺未遂の犯人として追っているのか。

――そして、ついに皇太子を暗殺した犯人は何者なのか。

――なんのために、皇太子は殺されたのか。

ジビアは頭を掻《か》いた。

「とにかく情報を整理していくしかないの」とエルナ。

「そうだな」ジビアも頷く。「まずは飯を食いたいな。腹減った」

「今、完成したところなの。それより、せんせいは？」

「『ベリアス』の拠点に寄って、ティアを回収してから来るってさ。もうすぐじゃね？」

「……なら下着姿はまずいの」

「分かってるよ。こんな姿、一日に何度もアイツに晒《さら》すもんじゃねぇ」

「何度も？　もう晒したの？」

「っ！　い、いや、今のは言葉の綾《あや》だ！　忘れろ！」

「のぉっ⁉　ほっぺたを突《つつ》かないでほしいの！」

「よし。じゃ、先にシャワーでも浴びてくるわ」

「なの。身体《からだ》を温めた方がいいの」

「このままだと風邪ひきそうだしな」

「まったくでござるよ」

新たな声が加わった。

振り向いた先には、シャワーから上がったばかりのランが立っていた。

「早くシャワーを浴びるでござる。健康は大事ですぞ、ジビア殿」

『ベリアス』が懸命に捜索する少女——『浮雲』のランが笑みを向ける。

3章　反撃

　ジビアはシャワーを浴びた後、エルナが作ってくれた夕飯を頂いた。豆と玉ねぎとベーコンがたっぷりと入ったミルクスープは口に入れると、自然と息が漏れた。ちぎったパンを浸してもうまい。

　良い匂いに釣られたらしく、ランもエルナも食卓についた。特にランは空腹だったらしく、ジビアと同量のパンを齧《かじ》っている。

「で？　どうだったでござるか？」

　機嫌が良さそうにランが尋ねてくる。

「実際に『ベリアス』と接触して、真実に近づけたでござるか？」

「逆にお前は今日一日、何していたんだ？」

「昼寝でござる」

「お気楽な身分でなによりだ」

「仕方なかろう。拙者は隠れていなければならない身。出歩く訳にもいかぬでござる」

ランは大きく伸びをした。本当に長時間眠りこけていたらしい。

安らいだ表情をしている少女に、ジビアは明かす。

「お前、ダリン皇太子暗殺未遂の容疑がかかっていたぞ」

「は？」

間抜けな声をあげるラン。

ジビアは告げる。

「いや、未遂じゃねぇか。さっき暗殺された。そして、その第一容疑者もお前だ」

「はあああああああああああああああああ？」

ランは驚愕《きょうがく》し、テーブルの上に身を乗り出してきた。

「訳が分からんでござるよ！　どういうことやねん⁉」

彼女はしばらく叫び続けた後、テレビのリモコンを手に取った。

しばらく砂嵐のような画面が続いて、ニュースのチャンネルを映し出す。そこでは、ダリン皇太子が暗殺されたという緊急テロップが繰り返し流れていた。

「ぎゃふんっ‼」

ランが悲鳴をあげ、後ろにひっくり返った。

「意味不明でござる！　意味不明でござる！」

ランは床をごろごろと転がる。想定外の情報が続き、脳のキャパシティを超えたのか。

ジビアが無視していると、ドタドタと足音が聞こえてきた。

すぐに嫌悪《けんお》感を剝き出しにした表情の少女が駆け込んでくる。モニカだ。

「うるせえええええええええええええええっ！」

「ぐふぅっ！」

部屋に飛び込んできたモニカは跳躍し、綺麗《きれい》な前宙を披露した後、ランの腹部にダイナミックな踵落《かかとお》としをぶちこんだ。

「あのさぁ、自覚ある？　キミは絶対見つかっちゃいけない身分なんだけど？」

苛立ちを剝き出しにして、モニカは両腕を組む。

ランは腹を押さえながら、のたうち回っている。

「け、怪我人《けがにん》への扱いが酷《ひど》いでござる！」

「なら叫ぶな。キミは絶対に見つかっちゃいけない人間なの」

「わ、分かっているでござるよぅ」

「……こっからは、一瞬の隙が命取りになるからね。次決まり事を忘れたら、ぶん殴る」

「一ミリも容赦がないでござる……」

モニカが真剣な口調で告げ、ランは困ったように眉を曲げている。

ジビアはつい二人のやり取りを眺めていた。

「の？」スプーンを持ったまま、エルナが尋ねてくる。

「いや、ちょっと、な」ジビアは鼻を掻く。

ランが笑っているのが感慨深かった。合流できた時、彼女の表情は違っていた。この世のあらゆる絶望を味わったような、悲痛な表情を見せていた。

――ランの全身には、未《いま》だ多くの包帯が巻かれている。

ジビアは静かに目を閉じる。


そして時を遡る。

『鳳《おおとり》』の壊滅を知らされ、絶望に打ちのめされた時間まで。

◇◇◇

『鳳』の壊滅を知らされた直後、『灯《ともしび》』はフェンド連邦へ発《た》った。

涙を流す暇さえなく、身体は動いていた。事実を受け入れられなかった。報告書は手違いであり、フェンド連邦へ辿《たど》り着けば、ヴィンドが出迎え「俺が死ぬわけがないだろう、女ども」と憎まれ口を叩《たた》いてくれると期待していた。

少女たちにとって、『鳳』は常に格上の存在だった。

新聞社から盗んだ写真を見た時も、加工された画像に違いない、と考えた。

ようやく真実と向き合えたのは、ランと合流した時。

彼女は山奥の通信室で、死んだように横たわっていた。腹部に巻かれた、血がにじむ包帯を取り換えることもなく、生気のない瞳をしていた。ロクに食事も摂《と》っていないのは、その肌の青さから察せられた。

後に判明するが、彼女はチーム壊滅後、外に一歩も出ていないという。共和国のメッセンジャーは合流できず、彼女は行方不明として処理された。

「訳が、分かりません……」

唇だけが微《かす》かに動いた。

いつもの、おどけた調子の『ござる』口調ではなかった。

少女たちはどんな言葉をかけたらいいのか分からなかった。

「何があった？　ラン」

クラウスが彼女のそばで膝を突く。

「ゆっくりでいい、語ってくれ。サラ、彼女の手を握ってやってくれ」

指名を受け、サラが彼女の隣にしゃがみ、傷だらけの手を両手で握った。

ランは少しずつ言葉を紡《つむ》いだ。

「……五日前です。深夜二時、何者かに拠点に踏み込まれ、発砲されました。十人以上の敵です。ビックスが壁を破壊し道を切り開いてくれましたが、周囲は包囲されて……」

言葉が一旦、途切れる。

苦しそうにランが息を呑《の》む。

「まずクノーが投げ込まれた手りゅう弾に、仲間を庇《かば》って爆殺されました。そこで、ヴィンドは全員の生還を諦め逃走を指示し、ファルマが敵の注意を引いてくれました。その隙にキュールがわたしを川へ突き落とし……」

「…………」

「わたしは下流に流され、生き延び……ただ傷のせいで気を失いました……目覚めた時、近くにあったラジオで仲間が死んだことを知りました……」

再び言葉が途切れる。

細かくランの身体が震えだした。その後彼女の口から呻《うめ》き声が漏れ、直後に喉が張り裂けんばかりの絶叫が響いた。

「あっ…………あぁ…………うっ……あああああああああああぁっ‼」

ランは声を上げ、握っているサラの手から離れ、通信室から飛び出していった。廊下に出たところで、足が躓《つまず》き、頭から倒れていく。

口から吐《と》しゃ物が漏れた。ほとんどが胃液だった。

彼女は吐き出した胃液に顔をつけながら、大声で喚《わめ》き続ける。

「ごめんなさいっ……！　ヴィンド兄さん！　クノー兄さん！　わたしは、何もできませんでした……！　アナタたちが繋《つな》いでくれたのに！　わたしは！　わたしだけがぁ！　キュール姉さんも！　ファルマ姉さんも！　ビックス兄さんも！　誰一人！　助けられませんでしたぁ！　ごめんなさい！　ごめんなさいっ！　ごめんなさあああぃいっ‼」

懺悔《ざんげ》だった。

ランは何度も何度も、仲間に対する謝罪を唱え続けた。涙と鼻水で顔をぐちゃぐちゃにしながら、仲間の名を呼び続けている。

まだ十七歳という年齢の少女には、耐えがたい現実だった。

「ティア」

クラウスが声をかける。

「ケアしてやってくれ。頼んだぞ」

心を読む技術を持つティアは、ええ、と短く頷《うなず》き、ランの身体を支えながら、別室へ誘導していった。

ランの姿が見えなくなった後も、彼女の泣き声だけは聞こえてくる。

「同胞の死はいつだって苦しいな」

クラウスのコメントが虚《むな》しく響く。

そして彼は少女たちに視線を投げかけた。

「——お前たちもまた、同じ気持ちだろう?」

沈黙。

この場にいる七人の少女たちは、誰一人声を上げられなかった。遠くから聞こえるランの声に耳を澄ませ、それぞれの反応を見せている。

ジビアは目に一杯の涙を溜《た》めて、悔しそうに拳を握りしめている。グレーテは瞳を閉じ、顔を俯《うつむ》けさせている。モニカは顔色こそ変えないが、静かに指を擦り合わせている。サラはぼろぼろと涙を流しながら、身体《からだ》を震わせている。アネットは口を開け、天井を見上げている。エルナは目を赤く腫らしながら、祈るように両手を組んでいる。リリィは何かを覚悟したように、クラウスを見つめていた。

これが現実だと受け入れざるを得なかった。

フェンド連邦に潜入した『灯』は、真っ先に地元警察に接触し、『鳳』の遺体を確認した。テレコ川沿いで発見された、ディン共和国の旅行者の連続不審死事件――。

警察は彼らの遺体を写真に収め、その検死結果も記録していた。

――『飛禽《ひきん》』のヴィンドは亡《な》くなった。大量の切り傷を受け、そして返り血を浴びて。

――『翔破《しょうは》』のビックスは亡くなった。ファルマを庇うように抱き、銃弾を撃たれて。

――『鼓翼《こよく》』のキュールは亡くなった。首筋を奇妙な刃物で切り裂かれて。

――『羽琴《はこと》』のファルマは亡くなった。ビックスの腕の中で、彼女もまた銃殺されて。

――『凱風《がいふう》』のクノーは亡くなった。下半身を爆弾で吹き飛ばされて。

彼らの死亡報告は紛れもなく真実だった。

「僕たちの仕事は一つだ」

クラウスだけが事務的に言葉を紡ぐ。

「『鳳』の連中を殺した奴《やつ》らを突き止める。許す訳にはいかない」

七人の少女たちは同時に頷いた。

リリィが呟《つぶや》く。

「敵は、誰なんですか……？」

「まずは、そこからだな」

クラウスは、グレーテ、と名前を呼んだ。

名を告げられた赤髪《あかがみ》の少女が一歩前に出る。

「雲の切れ間から差す光のような、巧妙な罠《わな》を張れ」

「……敵は『鳳』に完璧な襲撃をやってみせました。綿密な調査を行っているはず。ならば、一人討ち漏らしたことも気づき、今もその存在を追いかけているかもしれません」

彼女は淀《よど》みなく答えてみせた。

「『浮雲《うきぐも》』のランを囮《おとり》にし、『襲撃者』を釣り上げる——そういう意味でしょうか？」

「——極上だ」

満足そうにクラウスは頷いた。

「具体的な立案はお前に任せる。フェンド連邦中に罠を張れ。ティアはしばらくランのケアに専念させる。グレーテ、お前が頼りだ」

「……承りました。必ずや仇敵《きゅうてき》を仕留めてみせましょう」

胸の前でぐっと拳を握りしめ、グレーテは顔を引き締める。

その直後、少女たちは直ちに通信室から出ようとする。誰もがすぐに動くつもりだった。

『鳳』の無念を晴らすために。

が、引き留める声があがった。

「その前に一ついいですか？」

リリィだった。

なぜか手をまっすぐ上に挙げている。

「多分ですね、今回の闘いって、とっても過酷だと思うんです。わたしたちより、ずっと強いはずの『鳳』が……」

それ以上は言わず、リリィは息を呑み、突然に「ほいさぁ！」と奇声をあげた。

呆気《あっけ》にとられるメンバーを尻目に、彼女は一度通信室から飛び出していったと思うと、ランとティアの手を無理やり引いて、戻ってきた。

そのまま——、

「ほい！　やほいっ！　ほ、ほい！」

と場の空気に似合わないハイテンションな声を上げつつ、他の少女たちの手を取り、別の少女たちと手を繋がせていく。

——何か始まった。

誰もが唖然《あぜん》としている内に、クラウス含む全員が手を繋ぎ終わり、大きな輪ができた。

リリィはその輪の中央でくるっとターンを決めると、

「笑顔っ‼」

と頬に指を当てて、微笑《ほほえ》んでみせた。

誰もついていけない空気のまま、彼女もまた仲間の輪に入り、両者と手を繋いだ。

「これはなんだ……？」ようやくクラウスがツッコミを入れた。

「円陣？　みたいなやつです」

リリィが笑った。

「約束です。誰も死なないでください。これ以上誰も死なず、全員で陽炎《かげろう》パレスへ戻るんですよ。それだけは誓ってください」

その言葉に、幾人かの少女が苦笑を浮かべた。あまりにリリィらしかった。いついかなる時でも笑顔を絶やさず、周囲を励まし続けることをやめない。

スパイらしからぬ、女学生みたいな言動だ。まるでクラブ活動かのような。

だが、彼女の言葉はこれから始まる過酷さを示唆していた。

分かり切ったことだ――これから自分たちは、危険に身を投じる。

エリートたちが亡くなった地で、その任務を自分たちが継がねばならない。正真正銘の不可能任務に挑んでいくのだ。

クラウスもまた頷いた。

「一見幼稚にも見えるが」

「なぬっ⁉」

「とても大事ではあるよ。僕も言おう。約束だ——全員、生きて帰ろう」

彼の言葉と共に、全員が繋いだ手を固く握りしめた。

その約束が守られることを、誰もが期待して。


二週間念入りに時間をかけ、少女たちは罠を張り巡らせた。

挑発するようにランに騒動を起こさせた。彼女はフェンド連邦の各地で発砲事件を起こし、そして、彼女の筆跡でとある文言を壁に書きつけた。

これらを繰り返していく中で、『灯』は次第にターゲットを捉えていく。

——執拗《しつよう》なまでに『浮雲』を捜索している組織。

クラウスもまた、CIMに潜り込ませている二重スパイと接触し、情報を集めていった。横の繋がりの薄いスパイが、仲間について知っているデータは微々たるものだが、少しずつある機関の名が浮かび上がる。

いわく、ある上層部直轄の機関が『浮雲』というスパイを追っている、と。

そして——挑発行為四回目、時計屋襲撃の夜が訪れる。

人気《ひとけ》のない、夜更《よふ》けのフィレード通りには、二人のスパイの姿があった。

口元をマスクで覆い身を隠している、モニカ。

そして、全身に巻かれた包帯を夜風に靡《なび》かせているランである。

「では、今回はここからスタートでござるな」

ランは時計屋の裏口の扉をピッキングし、苦も無く内部へ侵入していった。

再会した当初は、泣き続けた少女であるが、ティアのカウンセリングのおかげで、今では笑顔を見せるようになっていた。怪我《けが》のため十全には動けないが、エリートとしての優秀な技能を発揮できている。

モニカは彼女の後に続き、時計屋の内部へ入っていった。

店内にはいくつもの鏡があることを確認する。

「ここでボクは騒ぎを起こす」

モニカが解説する。

「で、ここに集まった人間を撮影する。その中に『鳳』を襲った人物がいれば当たりだ」

ランが「わかっているでござるよ」と返事をした。

それが挑発行為の狙いだ。生き残りであるランを餌に、集ってくる人間をモニカの特技『盗撮』で全てフィルムに収めていく。

モニカは内部から表口の扉を開けると、レンズカバーを開けて店外へ出た。

「ほら、なんか犯行声明っぽいの書いて。ボクはその間、工作してる」

「工作？」

「街灯を切れかかっているように点滅させる。カメラのフラッシュを誤魔化すためにね」

モニカの手には、いくつかの工具があった。

ランはすぐに答えた。

「書く文章は、決まっているでござるよ」

彼女は懐《ふところ》からスプレー缶を取り出すと、時計屋の壁に大きく書いてみせた。荒々しい、赤色でその文言が刻まれる。

【我らは不死の国の復讐《ふくしゅう》者
熱く燃えよ　再誕に酔へ】

モニカは首を傾《かし》げた。

「これ、なに？」

「意味はないでござる。拙者の筆跡でさえあれば、それでよかろう？」

「まぁ、そうだけどさ」

「陽炎パレスの壁面にも描いたでござろう？　『灯』と『鳳』。その組み合わせなれば一つしかあるまい」

ランは過去を懐《なつ》かしむように目を細めた。

「火の鳥《フェニックス》――二つのチームの歌でござる」

なるほどね、とモニカは呟いた。

フェニックスに纏《まつ》わる逸話は、当然知っている。寿命が尽きる時、自ら火に飛び込むことで蘇《よみがえ》る伝説上の鳥。死と再生を象徴する存在だ。

「ただでは死なん」

ランが言った。

「業火《ごうか》に身を焼かれようと、何度だって蘇る。どんな困難があろうと諦めてたまるか。意志と魂を引き継ぎ、我々はこの地で不死鳥として飛翔《ひしょう》せん」

モニカは眩《まぶ》しいものを見るように、じっと歌を見つめる。

やがて小さく呟いた。

「…………叶《かな》ったらいいよね」

ランが「ん？」と聞き返してくる。聞き取れなかったようだ。

モニカは「なんでもないよ」と誤魔化し、工作に向かった。

十分後、ランは時計屋のショーウィンドウを銃弾で撃ちぬき、警報音を鳴らした。

フィレード通りから離れた民家では、二人のスパイが待機をしていた。

通信機に耳を当てたグレーテが、暗号化されたメッセージを受け取っている。彼女はその複雑な暗号を脳内だけで翻訳し、隣にいる少女に伝えた。

「……モニカさんからメッセージが届きました。今時計屋に集っている集団は『鳳』を襲った敵と一致する、と」

「――――！」

準備運動をしていたジビアが目を丸くする。

グレーテが通信機から耳を離した。

「……とうとう確定しましたね」

「そういうことだな」

ジビアは大きく息を吸った。

それはこれまでの捜査線上に上がっている組織の名だった。驚きの感情はある。本来ディン共和国とは敵対する理由がない存在だ。

『鳳』を殺した存在の正体――。

「『ベリアス』――フェンド連邦ＣＩＭの防諜《ぼうちょう》部隊が、『鳳』を襲撃したのか」

　グレーテが手元の資料をパラパラとめくり始める。

「……『操《あやつ》り師《し》』というスパイが統率するチームですね。他組織との交流がない、謎の多い集団です。やはり『鳳』を襲った理由は謎ですね。ＣＩＭ上層部から密命を受けて動いている、と推測されていますが――」

「いや、いいよ。グレーテ」

　ジビアは手を振って、彼女の言葉を遮った。

「余計な情報は入れなくていい。事前に知らない方が、いい演技ができそうだ」

「ですが……」

「とりあえず行ってくるよ――『ベリアス』にわざと捕まってくる」

　ジビアは愛用する自動拳銃に銃弾を籠《こ》め、ジャケットの内側にしまい込んだ。意識を覚醒させるカフェイン剤を呑《の》み込み、覚悟を決める。

「相手は」グレーテが告げる。「『鳳』を即射殺した集団です」

「だからこそ、あたしが適任だろ？　囚《とら》われ役なんて、強すぎるあたしらのボスには向かない。長期間動けるスタミナが一番あるのもあたしだ」

「…………」

「大丈夫。これ以上――あたしから何も奪わせない」

ジビアは力強く告げ、そっと民家の玄関に足を向けた。

「わたくしは、ジビアさんを親友だと思っております」

グレーテが声をかけてくる。

足を止めて振り返るジビアに、彼女は握りこぶしを差し出した。

「『屍《しかばね》』任務しかり、花嫁騒動しかり、わたくしのそばには、ずっとアナタがいましたね。今回も共に『ベリアス』を欺いてみせましょう」

彼女は小首を曲げて微笑《ほほえ》む。

おう、とジビアも手をあげた。

「……ご武運を」

「お互いにな」

ジビアは軽く笑って、グレーテに拳を合わせた。

改めて拳を握り直し、ジビアは夜霧立ち込めるヒューロの大通りへ飛び出した。

——そして、時は戻る。

何も知らない体《てい》でフィレード通りの時計屋に向かったジビアは、『ベリアス』に拘束されて尋問室に連れ込まれる。打ち合わせ通り、クラウスにより救い出された彼女は『ベリアス』と共に、ランの捜索を始める。

クラウスはアメリたちと共に、フェンド連邦各地へと移動する。

その間『灯』は罠《わな》を張り続けた。

◇◇◇

ノックの音が響いた。

事前に定められた通りのリズム。扉の向こうからは聞きなれた声が届き、ジビアが応えると、扉が開かれた。

クラウスと、その後に続いて、人質から解放されたティアが現れた。

これでマンションの部屋には、六名のスパイ——ジビア、ラン、モニカ、エルナ、ティア、クラウスが集ったことになる。他メンバーはいまも活動を続けているはずだ。
全てが計画通りに進んでいた。

自然とクラウスを中心に、少女たちが集う。

「ご苦労だったな」

クラウスが言った。

「確定した。『鳳』を襲撃したのは『ベリアス』で間違いない」

彼が断言するのだから真実なのだろう。

彼の直感か。あるいは人質だったティアがうまく聞き出したのだろう。

——騙《だま》し合いは、お互い様か。

ジビアは考える。

ランと既に合流していることを隠していた『灯』。そして『鳳』のメンバーを殺したことを伏せていた『ベリアス』——合同捜査とは名ばかりで、ずっと互いを欺き続けていた。

この世界には協力はあれど、友好はない。

アメリに告げられた言葉が身に染《し》みる。

「ただ、少々問題が発生した」

クラウスが僅かに表情を曇らせた。

「ん」とジビアが首を傾げると、クラウスは「奇妙だ」と呟《つぶや》いた。

「なぜかアメリたちは本気で『鳳』がダリン皇太子を狙っていたと信じている」

「誤解でござる！」

ランが叫んだ。

堪《こら》えきれなかったように一歩前に出た。

「拙者たちは、皇太子に近づく理由さえない！　そもそも『鳳』の目的は――」

「あぁ、もちろんお前たちは疑っていない」

クラウスは宥《なだ》めるような、優しい視線を向けた。

「だが、納得はできた。『ベリアス』が行った、強引すぎる襲撃の理由。それが王族を守るためならば、理解できる。拘束し、口を割らせるような余裕もないはずだ。王に仇《あだ》なす者に慈悲は与えない。問答無用で射殺する――そんな乱暴な手法を、時に選択する国だ」

「…………っ」ランが唇を噛《か》む。

「『ベリアス』もまた確固たる信念の下に動いている」

それは、ジビアもまた感じ取っていた。

不気味なまでに機械的だったアメリの瞳に宿るのは、強い使命感だった。

「じゃあ、ランお姉ちゃんを追う理由も――」

エルナが息を呑んだ。

「――きっと処刑するためなの」

その理解で間違いはないだろう。

改めてジビアは、ギリギリで生かされていたことを感じ取っていた。アメリがジビアを射殺しなかった理由は、貴重な情報源となりえたからだろう。

「黒幕がいる」

クラウスが言った。

「『ベリアス』は偽りの情報を握らされ、『鳳』を壊滅させた。何者かがフェンド連邦に潜んでいる。冤罪《えんざい》を『鳳』に着せ、ついにダリン皇太子の暗殺に成功したんだ」

「何者なのよ、その黒幕……」

ティアが眉をひそめた。

「一課報《ちょうほう》機関を完全にコントロールし、警護の厚い王族を暗殺できるなんて――」

音が鳴り、言葉が遮られる。

ランがテーブルを殴った音だった。彼女は目に涙を溜《た》めていた。

「つまり、こういうことでござるか？」

ランがもう一度強くテーブルを叩《たた》いた。

「――ヴィンド兄さんたちは、ただの勘違いで殺された、と？」

「そういうことだ」クラウスが断言する。

「…………っ」

「その旨《むね》を『ベリアス』に説明しよう。フェンド連邦と敵対するのは得策ではない。ランを『ベリアス』と引き合わせ、理路整然と話し合い、ダリン皇太子を暗殺した真犯人が別にいることを証明する――僕たちが行うのは、それだけだ」

告げられた事実に、その場の少女たちは閉口した。

クラウスが告げた事実は、何一つ反論の余地のない対応だった。

――『ベリアス』は騙された被害者なのだ。

彼らは国を守るという信念を持って、『鳳』を壊滅させたに過ぎない。彼らに悪意はない。純然たる使命感を持って、任務を遂行したのだ。

また、クラウスの言う通り、フェンド連邦とは争うべきではない。世界を牽引《けんいん》する大国の一つに、ディン共和国のような田舎国が牙を剝《む》くメリットなど一つもない。アメリに脅されたように蹂躙《じゅうりん》されるだけだ。

「けど」ジビアが口を挟んだ。

「……なんだ？」

「それじゃあ、『鳳』が浮かばれねぇだろ……っ！」

クラウスはゆっくりと瞬《まばた》きをした。

ジビアは目を丸くするランの肩を抱き、クラウスに詰め寄った。

「事情があろうと、ヴィンドたちを撃ち殺したのは『ベリアス』だぞ？　こっちが譲歩して『騙されていますよ』って優しく諭してやるのか？」

「……」

「もしかして、アイツらを――許すのか？」

「…………………………」

クラウスの答えには、間があった。

彼は何かを悔いるように視線を微《かす》かに下げ、一度深く目を閉じ、そして強く見開いた。

「許すはずがないだろう」

戦慄する。

発せられた強い殺気に、その場にいる少女たちは呼吸を止める。

クラウスは首を横に振る。

「勘違いをさせる言い方だったな。誤解するな。僕は、あの愚か者たちを許す気は毛頭ない。いかなる理由があろうと『ベリアス』の行為は認められない」

吐き捨てるような言い方だった。

彼がここまでの怒りを滲《にじ》ませる姿を、少女たちは見たことがなかった。

「直ちに復讐《ふくしゅう》を実行する。『ベリアス』は敵だ」

「で、でもっ――」

慌てた口調で口を挟んだのは、ティアだった。

「実際、どうするの？　彼らは、ランがダリン皇太子を殺したと思い込んでいる。ここで私たちが『ベリアス』を攻撃すれば、フェンド連邦との全面戦争が起こりかねないわ」

「無論だ。スパイとして正しい復讐を行う」

「正しい復讐？」

「むしろ、それしか方法がないのが実情だな。正直、今の『ベリアス』と真っ当に話し合えるとは思えない」

やがてクラウスは告げる。

これから開始される、復讐の全容を。

「他の少女たちは既に動いている。僕たちは、今晩中に――」

◇◇◇

細やかな作戦が伝えられ、『灯』の少女たちは準備に取り掛かった。

瞬く間に飛び出していったのはモニカだった。彼女はてきぱきと準備を整えると、仲間に何も言葉を告げず、姿を消していった。

（…………………？）

その姿に、クラウスは違和感を覚える。

先ほどのミーティングの場でも、彼女は何一つ発言をしなかった。彼女に愛想《あいそう》がないのは、今に始まったことではないが。

考え込んでいると、一人の少女が近づいてきた。

「ちょっぴり意外だったの」

エルナだった。

彼女はクラウスに甘えるようにもたれかかってきた。

「なにが意外なんだ？」

「せんせいが、すっごく怒っていることなの」

嬉《うれ》しそうに彼女は頬を緩めた。

「せんせいも『鳳』の人たちと、仲が良かったの？」

「……そうだな」クラウスは頷《うなず》いた。「お前たち程ではないが、交流はあった」

「の……」

「以前も伝えたが、同胞を失った痛みに慣れることはないよ」

クラウスは首を横に振った。

脳裏には、復讐の炎を体内に宿した男——ヴィンドの姿があった。少しタイミングが違っていれば、彼が『焔《ほむら》』に加入できる未来もありえただろう。

クラウスは窓の外へ視線を移した。

「ゆえに、少々乱暴なカードを切った」

「……？」

「好まない手段だがな。しかし、彼女がその真価を示すのは、このような局面だ」

エルナが不思議そうに首を傾《かし》げる。

クラウスはそれ以上何も説明しなかった。

その存在については、いずれ伝えるべきタイミングで語ればいい。

◇◇◇

アメリはヒューロのテレコ川沿いにある、巨大な建物を訪れていた。

四つの尖塔《せんとう》に囲われるようにして聳《そび》えるその建物は、かつては処刑場であったらしい。政治犯が次々と絞首台《こうしゅだい》に上り、討ち捨てられた。夜に近づけば、亡霊の声が聞こえると噂《うわさ》が流れている。建物を囲む塀にはカラスが並び、街へ不気味な眼差《まなざ》しを向けていた。

――フェンド連邦の諜報機関CIMの本部である。

その本部を訪れたアメリは、最上階の一室に通された。部屋の前には大きな衝立《ついたて》があり、訪問者からは内部の様子がよく見えない。

「……何をやっていた？　『ベリアス』は」

衝立の向こうから、低い男性の声が届いた。

続くように「情けない」「ダリン様を死なせるとは」と声が続く。

噂が正しければ、衝立の向こうには五名いるという。

CIM最高機関『ハイド』――アメリたちの司令塔にあたる存在だ。CIM内の数十を超えるチームは、全て彼らが動かしている。

アメリは深く頭を下げた。

「返す言葉もありませんわ。命で償えるならば、なんなりと」

衝立の向こうからは返事もない。

興味などないということか。

アメリは手のひらが汗ばむのを感じながら、頭をあげた。

「確認させてください」

「……なんだ？」

「ダリン皇太子様を狙ったのは、本当に『浮雲』なのでしょうか？」

「何を今更」

「確認ですわ。我々の敵は、本当に『鳳』という組織だったのでしょうか？」

殺されることもあり得ますわね、と覚悟しつつ、アメリは疑問を投げる。

しかし気になるのだ――日中行動を共にしたジビアという小娘《リトルレディ》の主張が。

本来ならば相手にしなかっただろう。だが、ダリン皇太子が亡《な》くなった今、アメリの心を僅かに揺らがせていた。クラウスの蔑むような瞳もまた頭にあった。

衝立の向こうから返事はない。

アメリはそのまま説明を続けた。

「ダリン皇太子殿下には、最高の警備体制が敷かれていたはず。軍人八名、スパイ二十名が常に近づく者を監視していました。我々の知る『浮雲』では突破できません」

「…………」

「『鳳』が暗殺未遂事件に関わったという情報——それは真実なのでしょうか？」

幾度となく、クラウスに「証拠を出せ」と凄《すご》まれた。

アメリはその都度断っているが、実のところ証拠など持っていない。『ベリアス』は最高機関『ハイド』の命令のままに動く特務部隊だ。指示の根拠までは確認しない。

——『鳳』は本当にテロリストだったのか？

その疑問が脳裏から消えなかった。

「スパイは駒だ」

やがて言葉が届いた。冷ややかな声だった。

「主を疑う駒がどこにいる？　責任逃れか？　『ベリアス』も堕《お》ちたものだな」

「…………」

「『浮雲』を直ちに捜せ。見つけ次第、殺せ」

「……その指示も理解できませんわ。本当に暗殺に関与しているのなら、『浮雲』を補佐した人物もいるはず。直ちに殺すのではなく、拷問にかける方がよろしいのでは？」

命がけで主人に疑問を投げかける。

しかし、戻ってきた答えに熱はなかった。

「これ以上、失望させるな。王に歯向う敵は皆殺しにしろ」

「…………」

「我々は絶対正義の名の下にある。常に正しく、間違えない」

何度も言われ続けたセリフだった。

その言葉をアメリも疑ったことはないが――。

「お前は正義を信じて『鳳』を襲ったんだろう?」

「…………」

『鳳』の襲撃の指揮を執ったのは、アメリだった。

彼らのアジトに踏み込み、異変を察して飛び出してきた若者に、容赦なく散弾銃と手りゅう弾を浴びせた。テレコ川に逃げようとした彼らを追い込んだ。

襲撃は一時間超もかかったが、『鳳』を壊滅させることに成功した。

五人の若者の遺体は、アメリが確認している。上層部の指示とはいえ、実行したのは『ベリアス』であり自分だった。

自ら信じる正義に従い、これまで自国民含めて多くの人間を殺してきた。

「──今更引き返せない。

「もちろんですわ」

毅然《きぜん》とした態度で答えた。

「戯言《たわごと》を失礼しましたわ。どうか醜態をお見逃しください」

スカートの端をつまみ、深く礼をする。

「──殺します。『浮雲』を処し、王に剣を向けた『鳳』を全滅させますわ」

衝立からは言葉がない。それでいい、という旨《むね》だろう。

アメリはもう一度頭を下げると、『ハイド』の部屋から退室した。失態の責任として自身の首が飛ばないことが、僥倖《ぎょうこう》というべきだろう。

最高機関から改めて通達された以上、もはや一秒たりとも猶予はない。

──ダリン皇太子を殺した『浮雲』をすぐに見つけ、処刑する。

それが『ベリアス』の仕事だ。

(だが、どうしたら？　ディン共和国の同胞でさえ、彼女を見つけられないのに)

思考を巡らせながら、ＣＩＭ本部の廊下を歩いていく。

奇妙なズレが生じている。

『浮雲』は存命だ。時計屋に刻まれた筆跡で証明されている。だが、同胞との合流を望んでいない。もし望んでいたら〈白鷺《しらさぎ》の館〉で見つけられたはずだ。やはり同胞を裏切ったテロリストに堕したのか。だが、その可能性はジビアとクラウスが強く否定している。

誰かが嘘《うそ》をついている。

情報にノイズが紛れている。

可能性として挙げられるのは――。

（――『灯』が既に見つけ、匿《かくま》っている？）

その推測はずっと頭にあった。

『灯』は真実を隠して、自分たちに近づいたのかもしれない。

（人質を解放するのは、早すぎたか？　いや、これ以上『燎火《かがりび》』と敵対するのは得策ではなかった……今は無計画に敵を増やしている場合ではない……）

相手は「世界最強」を自負する、頭がおかしい男だ。だが、それに見合う実力は、振る舞いの端々に感じられる。敵対は望ましくない。

アメリは考える。

（何かが、おかしい……）

いわゆる直感めいたものだろう。

国を守り続けた防諜《ぼうちょう》部隊のボス『操り師』の勘が違和感を訴えている。

（……そう、思えば、『鳳』の遺体には不審な点があった）

アメリがそこまで辿《たど》り着いた時、目的の部屋に行き当たった。

本部内には、『ベリアス』のために設けられた部屋がある。そこで少し仮眠を取りたかった。ここ数日まともに眠れた日はない。

扉を開けると、ソファが並ぶ空間にティーポットを持った『蓮華人形《れんげにんぎょう》』が立っていた。

「──紅茶をお淹《い》れしました。我がマスター」

修道服を纏《まと》った女性の部下が、穏やかな表情を見せている。

アメリは気配りが利く部下に感謝の言葉を伝え、ありがたく紅茶を受け取った。一口飲むと、じんわりと茶葉の香りが鼻に抜けた。

「……とてもいい香りですわ。腕を上げましたね」

芳醇《ほうじゅん》な香りに気が和らいだ。

アメリは蓮華人形に微笑《ほほえ》みかける。

「今晩の〈白鷺の館〉での振る舞いは見事でした。自然な流れで小娘《リトルレディ》と成り代わり、燎火とダンスを踊れましたね」

「交代は、あの小娘の方から言い出しました。ワタクシは何もしていません」

「ですが、燎火に直接触れる機会に恵まれました。発信機は付けられましたか？」

「えぇ、マスター」

「お見事――ＣＩＭが秘密裏に開発した微小な発信機。いくら、あの男でも気づけないでしょう。動きを見せたら、すぐに連絡をください」

アメリは完全に、クラウスたちを逃がした訳ではない。

彼と共に行動して、新たな成果を得られるとは思えない。一度追放し、怪しい動きを見せるのを待つ算段だった。彼に付きっ切りで横にいられると機密情報も扱いづらい。

「皇太子様が殺された以上、『浮雲』を逃してはなりません。あらゆる手を尽くし、確実に殺す。絶対正義の名の下に」

「もちろんです、マスター」

『蓮華人形』は緊張した面持ちで告げた。

「実は、その件を含めて、報告したいことが二件ほどございます」

「二件……？　えぇ、聞きましょう」

アメリが身を乗り出したところで、ふと気が付いた。

いつも『蓮華人形』と共に行動している、もう一人の副官がいない。

「その前に」アメリは手で遮った。「自壊人形《じかいにんぎょう》はどこへ？」

「彼は所用のため、少々離れております」

『蓮華人形』が静かに答えた。

「なんでも、少し気にかかることがあったようでして――」

◇◇◇

『自壊人形』の名を持つ少年は、ヒューロの裏道を歩いていた。

雨はまだ強く降り続けている。霧がかかっている以上に視界が悪く、街灯から離れると、一寸先も見えなくなる。息を吸い込むと、喉の奥が微《かす》かに湿る感覚があった。

――確かめておきたい案件があった。

ダリン皇太子が亡くなったニュースが広まり、フェンド連邦はしばらく混沌《こんとん》に包まれるだろう。スパイの摘発が積極的に行われるようになり『ベリアス』も忙しくなるはずだ。情報が溢《あふ》れ、些細《ささい》なニュースが拾いにくくなる前に確認したかった。

目的の場所は、郊外の見通しの悪い道路にあった。

道脇に花束が置かれている。

「…………一体だれが？」

顔をしかめる。

そして、次の瞬間にハッと驚く。

花束の隣には、一人の少女が傘を差して立っていた。十二時も回る深夜にもかかわらず、十二歳前後と思われる、幼気《いたいけ》な子が夜霧の中にいた。

花束を置いたのは彼女か。

『自壊人形』は彼女に歩み寄った。

「ここで誰か亡《な》くなったのですか？」

「はいっ、昨晩、金髪の女の子が亡くなりましたっ」

灰桃髪《はいももがみ》の少女が明るく答える。奇妙な容姿をしていた。左目に大きな眼帯をつけ、髪を乱雑に縛って無理やりツインテールを作っている。

「車に轢《ひ》き逃げされたみたいですっ」

彼女の返答は妙に元気がいい。

「悲惨な話ですね」

『自壊人形』は眉をひそめた。

「だが、奇妙でもあります。今日、女の子の遺体が見つかったニュースはないのですが」

「遺体は、俺様の寝床に運んでいますっ」

「アナタが？」

「はいっ、他に家族がいないんですっ」

「なるほど……捨て子でしたか」

納得する。

ヒューロの郊外には、遺児のコミュニティが存在する。福祉が行き届かず、マフィアの使い走りや教会の支援を受けて路上生活を送っているのだ。この灰桃髪の少女も一人か。

『自壊人形』は頭を下げた。

「ボクは児童福祉に携わる者です。遺体を確認してもよろしいですか？　埋葬のお手伝いができるかもしれません」

灰桃髪の少女は「わかりましたっ」と元気よく返事をした。「こっちですっ」

裏路地に案内される。

ヒューロで人口爆発が起きた時、路地には木造のバラックが無数に建てられた。今ではその数を減らしているが、いまだ路上生活者や遺児が住み着くケースもあった。

『自壊人形』の見立て通り、人の目のない暗がりへ誘導されていく。

そして、灰桃髪の少女に見えないよう、彼はこっそりと金槌《かなづち》を取り出した。

「しかし俺様、驚きでしたっ」

「ん？」

灰桃髪の少女が振り返って、楽しそうに告げた。

「お兄さんみたいな人が、女の子を轢き逃げしていくんですねっ」

「…………………」

『自壊人形』は表情一つ動かさなかった。

平静を装《よそお》うのは慣れている。

「なんのことですか？」

「昨晩、後部座席に白髪の女の子を乗せている時ですっ。金髪の女の子を撥《は》ねたのに、そのまま逃げていきましたっ」

「…………」

「一度降りて、確認したはずですけどねっ。面倒くさそうな目で見下ろし、手当てもせず、どこかに行っちゃうなんて酷《ひど》いと思いますっ」

「…………………」

やっぱりか、と『自壊人形』は頷《うなず》いた。

――目撃者がいた。

夜霧の中、視線は感じていたのだ。

昨晩、ジビアを後部座席に乗せて運転する際、彼は金髪の少女を轢いた。その際、『自壊人形』は「折れた街路樹の枝にぶつかった」と嘘をつき、運転を続けた。後部座席にいる他国のスパイに弱みを握られることを避けるためだ。

「国を守るためです」

『自壊人形』は答えた。

「皇太子様を守る任務の最中でした。貧乏人の女の子を轢いた程度、無視しますよ」

彼は金槌を手の中でくるりと回した。

「我々に間違いがあってはならないのです。人目のつかない場所に案内していただき、ご苦労様。では、目撃者は叩《たた》き殺し――」

感情を排し、合理的な判断を下す。

だが、金槌を振り上げたところで『自壊人形』は遅まきながらに気が付く。

（いや、ボクが轢き逃げ犯と知りながら、なぜ、この少女は案内を――）

本来すぐに察するべき事実。

しかし、なぜか時間を要した。心に油断があった。

天使のような純真な笑顔を浮かべる少女が、内に邪悪を秘めているとは思えないから。

直後、右手が動かないことに気が付く。

――糸が絡《から》まっていた。

建物の陰から突如伸びてきたワイヤーのような糸が、『自壊人形』の右腕を固定した。

「アイツの糸、結構便利ですねっ」

目の前の少女が楽しそうに傘を投げ捨てた。

灰桃髪の少女――『忘我《ぼうが》』のアネットはその狂気を普段ひた隠しにしている。

かつては、育ての母親でありガルガド帝国のスパイ・マティルダさえも暗殺した。彼女は天真爛漫《てんしんらんまん》な童女のように振る舞い、携える凶器を意識させないよう誘導する。

ランの詐術『潜伏』をアレンジし、徹底的に殺意を隠し続ける詐術へ昇華する。

『工作』×『隠悪』――無垢殺戮《さつりく》。

「コードネーム『忘我』――組み上げる時間にしましょうっ」

右手が、落ちる。

眼前で大きな刃《やいば》が煌《きら》めき、反応する頃には切断が終わっていた。

『自壊人形』の右手首より先が、金槌を握りしめたまま切り落とされる。

激痛を感じ取り、地面に倒れ込んだ。必死に左手で右手首を握りしめ、止血を行う。しかし流血は止まらない。人生で感じたことのない痛みで、脳が焼き切れそうになる。

「あっ、あああああっ！　あああああああああああぁっ‼」

絶叫をあげる。

身体《からだ》の内から食い破るような恐怖に呑《の》まれていく。

すぐ右腕を回収すれば、フェンド連邦の先端医療で繋《つな》がる可能性はあるが――。

「俺様、お兄さんと趣味が合うんですよ？」

灰桃髪の少女が楽しそうに笑っていた。

「『鳳』のアジトで、ジビアの姉貴に『同胞を亡《うしな》った気持ちはどうですか？』って尋ねましたよね？　俺様、とってもユーモアがあると思います。自分たちが殺したくせにっ！」

そこまで観察していたらしい。一切気づけなかった。

彼女は落ちた右腕を踏み潰した。

「だから俺様も尋ねますっ――今、どんな気持ちですか？」

邪悪が眼前に立っている。

◇◇◇

クラウスが、少女たちに下した指示はシンプルだった。

——一晩で『ベリアス』全員を攫《さら》え。

——助けを呼ぶ隙を与えるな。この世界から塵《ちり》一つ残さず存在を削除しろ。

完全犯罪が必要条件。

『灯』が『ベリアス』に危害を加えたという事実さえ残さず、誘拐する。そうすればフェンド連邦とディン共和国の間に争いは発生しない。

『鳳』の哀《かな》しみを背負い、『灯』は始動する。

——蹂躙《じゅうりん》しろ。それが仕事だ。

4章　『灯《ともしび》』と『鳳《おおとり》』

◆◆◆

――蜜月二十八日目。

『鳳』が次に挑む任務が定まった。そろそろ共和国から発《た》つという。

クラウスは、その日ヴィンドと一対一で食事を摂《と》った。訓練終わりにクラウスの方から誘ったのだ。たまには酒でもどうだ、と。

ヴィンドは意外そうな顔をしたが、断ることはなかった。

いまや両者、スパイチームのボスである。対等の立場での食事だった。

店はクラウスが選んだ。港付近にある、魚介と白ワインが美味《おい》しいレストランだ。個室で仕切られている、密談に最適な場所。窓からは港を行き来する、大型の貨物船を見ることができた。磯《いそ》の匂いがする潮風が入ってくる。

ヴィンドは健啖家《けんたんか》だった。よく食べ、浴びるようにワインを飲んだ。酒に強いらしく、いくら飲んでも顔色一つ変えない。

ゲル婆《ばあ》が気に入る訳だな、とクラウスは考える。

『炮烙《ほうらく》』のゲルデ――クラウスのかつての仲間『焔《ほむら》』の狙撃手だ。そしてヴィンドの師でもある。彼女は高齢でありながら、酒を大量摂取していた。案外ヴィンドとは相性のいいコンビだったのかもしれない。

話題はあちこちに飛んだ。世界大戦時、『焔』がヴィンドの故郷を救った時のこと。当時はクラウスと『煽惑《せんわく》』というスパイが未加入で、『紅炉《こうろ》』の全盛期だった。『鳳』のかつてのボス『円空《えんくう》』のアーディのこと。実力こそ低かったが、ヴィンドは彼女を敬愛していたという。スパイのボスの在り方。グレーテの恋心に対する適切な振る舞いはなにか。

「時に」

やがて食事も終わりに差し掛かった頃、ヴィンドが口にした。

「お前のチームはゴミ以下だな」

「まだその評価は変わらないのか」

唐突にケンカを売られた。

冗談かと思ったが、ヴィンドの瞳は真剣だった。

「お前の訓練方法のせいで、成長の仕方が歪《いびつ》すぎるんだ。基礎が弱くポンコツなのに、ここ一番で驚くほど実力を発揮する。危なっかしくて見ていられない」

「だが、面白いだろう？」

「そうだな」ヴィンドは頷いた。「悪くはない」

彼はワイングラスを一気に傾けた。

「この一か月間、付きっ切りで俺たちが指導してやった。多少はマシになったはずだ。基礎的な技術を、重点的に叩き込んでやった」

「助かるよ」

「俺たちの訓練のついでだ。どうせ最初からそれが狙いなんだろう？」

向けられた鋭い視線。

クラウスは頷く。図星だった。

「僕の指導では、お前たち『鳳』に勝てなかった。頼るのが最善だと考えた。教師として無力感に苛《さいな》まれる選択だがな」

「くだらない」

「……？」

「指導するだけが教師ではないだろう。生徒同士が互いに言葉を交わす環境を作るのも、立派な役割だ。己のプライドを守るより、ずっと価値がある」

「………」

「極上──そうお前は評するんじゃないか？」

クラウスは目を見開いた。

虚を突かれた。それはとても久しく、そして案外悪くない心地だった。

──なるほど、そういう教師の在り方もあるのか。

学ぶことは多いな、と感心する。教師として自分はまだ至らぬ点が多すぎる。

「ゲル婆は」

口にして言い直す。

「ゲルデは、お前に、僕のサポートをするよう頼んだはずだったな？」

既にヴィンドと『炮烙』の出会いは、聞いている。ゲルデは当時、海軍情報部に在籍していたヴィンドに己の技術を授け、ある願いを託したという。

「あぁ」ヴィンドが頷《うなず》く。「お前を支えるように、とな」

「十分すぎるよ。僕には、あまりに出来た仲間だ」

「気持ちが悪い。男同士で褒め合ってどうする」

ヴィンドが嫌そうに顔をしかめた。本気で嫌がっているらしい。

「そう言うな」クラウスは肩をすくめた。

「俺はいずれお前を超える。上から目線でいられるのは、今だけだ」

「ふぅん。果たしてできるか？」

「俺だけじゃない。モニカ、ビックス、ファルマ、グレーテ、クノー、ティア——次の世代は育っている。この一月《ひとつき》で成長したのは『鳳』も同じだ。いずれお前の座を脅《おびや》かす」

ヴィンドが思い描いた未来は、心躍るものだった。

「あぁ、楽しみにしておこう」とクラウスは言葉を返す。

彼に引っ張り上げられるように、若い世代が次々と成長していく。ヴィンドという突出した男が、周囲を刺激し世代全てが伸びていく。『灯』にこれまで存在しえなかったライバルの存在が、少女たちを発奮させる。

クラウスはゲルデの言葉を思い出した。

——クラ坊は仲間に頼るのが下手じゃな。

厳しい態度の裏で、ずっとクラウスを気にかけてくれた老女。時を超え、とても得難《えがた》いものを送り届けてくれた。

——ありがとう、ゲル婆。

内心でクラウスが礼を告げる。

──アナタは大切なものを僕に遺《のこ》してくれた。新たな仲間を。

『焔』壊滅後、一人で奮闘していた時期もある。が、もう経験することはないだろう。

「明後日《あさって》、俺たちはフェンド連邦に発つ。そろそろ別れの時期だ」

「あぁ。またどこかで会おう」

「そうだな」

「死ぬなよ」

「当然だ」

両者は知っている。

この世界では、人がよく死にすぎる。スパイならば尚更《なおさら》だ。仲間の死を乗り越えながら、二人はここにいる。

「仮に死ぬとしても」ヴィンドがワイングラスを呷《あお》った。「ただでは死なん」

蜜月二十八日目は、そのように終わりを迎えた。

『灯』と『鳳』の別れは確実に迫っていた。

◆◆◆

戻ってこない『自壊人形《じかいにんぎょう》』は脇に置き、アメリは『蓮華人形《れんげにんぎょう》』から報告を受けていた。

彼女はこれまでの報告から二点ほど気づいたことがあるという。

「マスターの指示通り、ディン共和国の通信室は現在二名ほどが森に身を潜めて、監視しております。現在、周囲一帯に近づく者なしという報告ですが――」

『蓮華人形』は一枚の資料を差し出してきた。

「念のため確認したところ、時折、不可思議な電波が確認されました」

「電波?」

アメリが顔をしかめる。

報告が上がってきたのは、昼間クラウスに案内された場所だ。山奥の打ち捨てられた工事現場の管理小屋に設けられた、ディン共和国の通信室。『浮雲《うきぐも》』のランの根城と思われる痕跡があった。

その通信室から電波の発信が確認されたらしい。

「おかしいですわね。あの部屋の通信機は、簡素なものでした。遠隔でもタイマーでも操作できません。直接操作しない限り、電波は飛ばせないはず」

　誰かが通信室にいるとしか思えない。

　だが、あの建物に忍び込めば、必ず見張りの目に留まるはずだ。

「発信されている内容は？」

「意味不明な言葉の羅列です。ですが、ディン共和国が過去に用いていた暗号文に似た形式のものがあります」

「…………」

　不可解な状況にアメリは戸惑う。

（『浮雲』が見張りをすり抜け、通信室に戻ってきた……？）

　一番に浮かぶのは、その可能性だ。

「……そもそもアナタはなぜ、電波まで確認しようと？」

「通信室を知っていた『灯』がいまだ『浮雲』と合流できない事実が気になったのです」

『蓮華人形』は即答する。

「おそらく『灯』さえも見落とした抜け道があるのでは、と」

「なるほど。直ちに調べる必要がありますわね」

「そして、もう一点の報告が、燎火《かがりび》に仕掛けた発信機です」

次に『蓮華人形』が別の資料を差し出してくる。

彼女はダンス中、クラウスに発信機を仕掛けた。その移動痕跡を示した資料は、クラウスがホテル内に留まっている事実が記されている。

「……ダリン皇太子様が殺された当日に、呑気《のんき》にホテルで過ごすスパイがいるものですか。気づかれたのでしょう。我が国の微小発信機をよくも………で、これが？」

「いえ、マスターに見てほしいのは二枚目です」

「二枚目？」

「燎火には襟首と腰の二か所に発信機をつけました。腰元につけた発信機は、いまだ気づかれていないようです」

「――っ！」

目を見開きつつ、アメリは二枚目の資料をめくった。

そこには一度ホテルに戻った後の『燎火』が、ヒューロの市街地に移動を始めている痕跡がハッキリと記されている。

もちろん罠《わな》の可能性もあるだろう。

が、それはそれで面白い。彼が自分たちに向けている感情が何なのか、明確になる。

「お手柄ですわ、『蓮華人形』」

アメリは手を叩《たた》いた。

「少々意外です。アナタがここまでの自主性を発揮するなんて」

『ベリアス』はアメリ中心のチームだ。大抵は彼女が考え、部下は忠実に実行していくのみ。アメリの頭脳を活《い》かすにはそれが最善だったが、副官にも自由に動いてほしい、とは常に感じていた。

ゆえに『蓮華人形』の成長には、目を見張るものがある。

「ダリン様は、我々にとっても尊い方でした」

彼女は頭を下げる。

「この操り人形にできることならば、いくらでも成し遂げてみせましょう」

「そうね……本当に……」

ダリン皇太子の死を悼《いた》んでいるのは、自分だけではないようだ。

アメリは大きく息を吸い込んだ。

「チームを二手に分けます」

チームの分散は、普段ならば執らない作戦だった。

だが、二つ同時に問題が発生した状況では、それしか方法がない。

「『蓮華人形』、アナタは部下を指揮し、燎火の発信機を追ってください」

「はい……」

「ワタクシは通信室に乗り込みます」

部下に告げ、アメリは指揮棒を片手に立ち上がった。

「もし『浮雲』が戻っているなら即刻殺しますわ」

胸から湧き起こるのは高揚感だった。ダリン皇太子の仇《かたき》を討つためならば、彼女はあらゆる手段を辞さない。

十名の部下を『蓮華人形』に預け、アメリは残り十一名の部下と移動する。

これで百時間以上の連続勤務となるが、嫌な顔をする部下は誰一人としていない。全員がダリン皇太子の死を重く受け止めている。

士気は高い。

いかなる困難があろうと乗り越えられるだろう、と予測する。

アメリたちは三台の車で移動し、ヒューロの端にある山深くに上がっていき、例の工事現場近辺に到着した。接近を悟られぬよう、明かりを消して森の中へ入っていく。

雨は止《や》んでいた。地面はまだぬかるんでいるが、動きを制限する程ではないだろう。

「車はこの辺りで止めましょうか」

アメリが指示を送る。

「近づけば、通信室にいる者に気づかれる可能性があります」

木々に潜ませ、アメリは車から降りた。

山登りを開始しようとしたところで、彼女は部下が乗っていた車の異変に気が付いた。

（……妙な凹《へこ》み）

疑問に感じたが、すぐに思い至る。

（そういえば『自壊人形』が女の子を轢《ひ》いたと言っていましたね。時間がかかっていますが、あの子、目撃者は無事に口封じできたのでしょうか）

ＣＩＭの諜報《ちょうほう》員が、国民を轢き殺したとあっては大スキャンダルとなる。国を守るため、要らぬ噂《うわさ》を立てられる訳にはいかない。

後でお仕置きが必要ですね、と考え、山道を登っていく。

工事現場のそばで待機していた部下とは、すぐに合流できた。アメリを見ると緊張した面持ちで頷《うなず》いた。

「いまだ発信が続いています。通信室内に何者かがいるようです」

「たった一瞬でも見張りから離れましたか？」

「いえ、二人体制で見張っておりました。片時も目を離していません」

部下の声音には自信があった。嘘《うそ》ではないようだ。

やはり通信室への潜入方法が分からない。

「入ってきた時と同様、抜け道から逃げられるかもしれません。手早く行きましょう」

アメリは合計十三名となった部下に声をかける。

「管理小屋を包囲してください。内部にいる者を拘束します」

たとえ相手が『浮雲』でなかった場合でも、不審人物には変わりない。

部下たちは拳銃を構え、音もたてずに移動し、管理小屋を囲んでいく。これで内部にいる人間はどこにいようと逃げられない。

最後、アメリは部下四名を引き連れ、管理小屋に侵入する。

『蓮華人形』の報告から僅か四十八分後だった。移動時間を考えれば、迅速な対応。

横に長い直方体のような管理小屋の二階、一番奥。

部屋の前に辿《たど》り着いたアメリは、室内から漏れる物音を聞き取った。

（……やはり誰かが通信室にいる？）

アメリは背後の部下に、ハンドサインを送った。

――【演目36番】即発砲すべし。

相手が無知な一般人であろうと、忍び込んだ子どもであろうと、容赦なく撃てばいい。

最悪遺体は消せばいい。敵だった場合のリスクを考えれば合理的な選択だ。

自分たちは軍人でも警察でもない。

国を守るためなら手段を選ばない、スパイだ。

アメリは通信室のドアノブに手を触れた。鍵がかかっていたが、別の部下がピッキングツールを差し込み、すぐさま解錠する。

「突入」

通信室の扉が開かれた。

アメリたちはすぐさま銃口を室内へ向け、引き金に指をかける。

撃つ。

そう誰もが準備し、迅速な発砲を試みようとしたが――。


「…………………鳩《はと》？」


呆然《ぼうぜん》とする。

通信機に止まっていたのは、丸々と太ったカワラバトだった。通信機の上に積もっていたパンくずを啄《ついば》んでいる。嘴《くちばし》が通信機のボタンに当たり、カチカチ、と音を立てていた。

他に人影はない。

意味不明な暗号——この鳩が出鱈目《でたらめ》に送信していたのか？

アメリたちが固まっていると、鳩は扉が開いたことに気が付いたらしい。チャンスとばかりに羽ばたいて、通信室の外へ飛び出していった。

さすがに発砲する気にはなれない。

一度飛んだ鳩は捕まえられず、やがて割れた窓の隙間から屋外へ出る。

鳩が飛んでいった先——工事現場を見下ろす位置の高台には少女が立っていた。

キャスケット帽を被《かぶ》った、気弱そうな茶髪の少女だ。

「お疲れっす、エイデン氏。よくこの時間まで食事を我慢できたっすね。偉いっすよ」

そう口元が動いた。

——彼女が鳩を通信室へ忍び込ませたのか？

否定する。通信室には鍵がかかっていた。誰も管理小屋に近づいてない以上、不可能だ。

思い当たる人物は一人しかいない。

アメリと通信室へ入り鍵を閉める寸前まで室内にいた男——『燎火』のクラウス。

彼が去り際、隠し持っていた鳩を投げ入れたのか。動物を服に忍ばせていた素振りなど一切なかった。完璧に調教された鳩と技術がなければ為しえない。

そこまで思考が辿り着いた時、銃声が聞こえた。

「マスター！」

続けて部下の悲鳴が届いた。

「我々の通信機が壊されましたっ！」

慌てて管理小屋の窓から、工事現場の方へ目線を向ける。

強い光が放たれる。

元々工事現場に設けられていた照明だろう。視界が悪くなりやすい山奥のために設置された投光器の強い光は現場全体を照らし尽くした。クレーン車やトラックが放置された、寂し気な空間がまるでステージのように、夜闇に浮かび上がる。

「ようこそ、『ベリアス』諸君」

中央に立っていたのは――『燎火』のクラウス。

足元には、昏倒《こんとう》させた『ベリアス』の部下二名。そして彼が破壊したであろう通信機。

「これで、もう別チームへ救援を求めることはできない」

彼の声は遠くからでも、嫌なほどに響く。

「突然だが、哀《かな》しいお知らせだ。『ベリアス』は今夜、抹消される」

突如現れた圧倒的強者に部下たちは一歩後ずさりをし、呻《うめ》き声をあげた。

全て彼の策略か。『蓮華人形』が仕掛けた発信機は、二つとも取り除かれたようだ。

「――動じるな！」

アメリが声を張り上げた。

そのうえで一歩前に出て、二階の窓からクラウスを見下ろした。

「残念ですわ、燎火さん。やはりディン共和国はフェンド連邦に牙を剝《む》くのですね」

「さぁな」

「ダリン様を殺したのも、アナタの指示でしょうか？」

「…………………」

問いかけるが、クラウスの反応は鈍かった。

どこかこちらを憐《あわ》れむような、冷めた視線を向けてくる。

「今は、対話する気にもなれない」

首を横に振る。

「お前たちが『鳳』を襲撃した時、たった一つでも言い分を聞いたのか？」

「…………」

『鳳』壊滅に自分たちが関わっていることは、既に知っているようだ。

「残念だよ、アメリ」

彼はヘアゴムを一つ取り出すと、その長く伸びた髪を頭の後ろで縛り上げた。そして右手にリボルバー拳銃、左手にナイフを構え、一歩大きく前に踏み出す。

臨戦態勢に入ったらしい。

まだ二十メートル以上離れているのに、その気迫が伝わってくる。

(ここにいる『ベリアス』を全滅させる気なのでしょう……)

彼の意図はもう読めている。

『ベリアス』メンバー全てを殺戮《さつりく》し、復讐《ふくしゅう》を果たす。皆殺しを実現できれば、フェンド連邦との全面戦争は避けられる。ゆえに山奥で孤立させ通信機を壊したのだ。

だとすれば、こちらの勝利条件も一つだ。

(――たった一人でも逃がせばいい)

ここにいる自身含めた十四名の誰かが生き延び、CIMへ『灯』の凶行を報告すればいい。そうすれば同胞が仇討《あだう》ちをしてくれるだろう。

誰か一人が生き延びるために、全力を尽くすのだ。

「マスター、裏口へ」

アメリの隣で部下の男が囁《ささや》いてきた。

「我々が足止めをします。マスターは裏口から逃げ、森に隠してある車へ」

「逆です」

アメリは首を横に振った。

「ワタクシが燎火を足止めします。彼の能力は未知数ですが、噂が正しければ、ワタクシ一人を犠牲にしても五秒時間を稼げれば御の字でしょう」

「それは……っ」

「早くしなさい。敵に車が見つかってしまえば、詰みです」

狼狽《ろうばい》する部下を叱咤《しった》し、アメリは一歩前に立つ。

自分が姿を見せなければ、すぐクラウスに怪しまれてしまう。

（――たとえワタクシが殺されても、この事実を報告できれば）

罠《わな》に嵌《は》められた以上、責任は自分が取る。

アメリは管理小屋の外にいる残った七名の部下と共に、クラウスを止めるのだ。管理小屋内の部下四名は、裏口から逃走を試みる。それが最善の策。

クラウスはまだ動かない。じっと照明に照らされた位置を守り続けている。

すぐには襲ってこないようだ。

（…………動けないのか？）

静寂に包まれる中、アメリは思考する。

（……そうだ。一人も逃がせない以上、彼は全てを見渡せる位置にいなければならない）

だが、このまま膠着《こうちゃく》状態を続けても詮《せん》がない。

（…………何かを待っている？）

その事実に気づいた瞬間、内心でほくそ笑む。

彼の大胆な言動に納得がいった。自分たちを引き付けるためだろう。

「勝機が見えましたわ」

「え？」部下が訝《いぶか》しむ。

「おそらく『灯』は、我々の車を見つけていないのでしょう。山奥に逃げられたら終わり。ゆえに彼は迂闊《うかつ》に手を出せない」

そこまで読めれば、主導権はもはやこちらにある。

ハンドサインで部下へ告げた。

――【一斉に逃げろ。散り散りになれ】

十名以上の人間が四方八方に走れば、敵が超人であろうと対処できるはずがない。部下たちはハンドサインを出し合い、そのメッセージを共有する。管理小屋にいる四名だけでなく、外にいる七名も瞬時に意図を把握する。

後はタイミングを見計らうだけ。

だが、その時アメリは視界の端に、不審な動きを捉えた。

（クレーン車……？）

誰かが操作しているのか、打ち捨てられていた建設用クレーン車が夜空に向かって、ゆっくりと伸びていた。クレーンが伸びる方向には何もなく、意図が分からない。

その車の隣には、小さな金髪の女の子が立っていた。

照明の届かない崖の端に立つ少女は、どこか不気味に見える。

――強風が吹いた。

山上の、開けた場所にある工事現場だ。時に突風が吹きつけることもある。

だがタイミングが最悪だ。

クレーン車が横転する――金髪の少女の方向へ。

「不幸……」

どこか上の空の表情で、彼女はその光景を見つめている。

まるで知っていたかのような素振り。重心が高いクレーン車が横転することもある事実を分かっていたように――いや、愛していたかのように彼女の口元が緩んでいる。

「コードネーム『愚人《ぐじん》』――尽くし殺す時間なの」

傾いていくクレーン車は少女の僅か横に倒れ、そのまま車体ごと豪快に崖下へ転落していった。木がひしゃげていき、山全体が轟《とどろ》くような低い音が震動と共に伝わる。

アメリはその事故の意図が分かった。

車を破壊したのだ。森に潜ませていた唯一の脱出手段を。

「さて、逃走手段も潰したことだ」

クラウスがようやく行動を開始する。

その姿が消え、次にアメリが彼を捉えた瞬間、管理小屋外に潜んでいた部下に接近していた。部下がギリギリで発砲した銃弾を当然のようにナイフで弾き、そのまま拳銃のグリップで部下の顎を殴り飛ばす。

また一人、アメリは部下を失う。

「蹂躙《じゅうりん》を始めよう。たまには狩られる側の絶望を知るといい」

クラウスは短く告げた。

◇◇◇

工事現場後跡から外れた場所でティアは戦慄していた。

「……本当に豪快よね、エルナ」

前方には崖があった。倒れたクレーン車が崖を滑り、『ベリアス』が乗ってきた車を押し潰している。三台の車が一つ残らず大破していた。

ティアの横では、エルナが「今日は特別だったの」と呟《つぶや》く。

彼女たちの後方からは銃声が轟いていた。『灯』と『ベリアス』の本格的な戦闘が始まったのだろう。戦闘向きではないティアたちは一度離れていた。『灯』で表立って闘うのは、ジビア、モニカ、クラウスの三人である。

崖の上に立って山風を浴び、ティアは倒れたクレーン車を見下ろした。

エルナが解説する。

「風が吹く日は事故が起きやすい日なの。山という立地を合わせれば、後はちょうどいい位置にクレーン車を移動させるだけなの」

「あら、エルナが運転したの？　偉いわね」

「とっても頑張ったの。足が届くギリギリだったの」

両手を腰に当てて、誇らしげな顔をするエルナ。

彼女もそんな顔を見せるようになったのか。意外に感じつつ、ティアが尋ねる。

「ここに『ベリアス』の車があったと分かったのはどうして？」

「発信機をつけていたの」

「え？　いつの間に？」

思わぬ答えだった。

彼らの車は常に警戒されている。迂闊に近づけば、瞬《また》く間《ま》に拘束されるだろう。

「——轢《ひ》かれた時なの」

エルナが答える。

「わざと『ベリアス』が運転する車に轢かれて、エルナは発信機をつけたの」

「…………っ」

平然と答えるエルナに、ティアは背筋が冷えた。

龍沖《ロンチョン》で詐術を身に着けて以降、彼女の技術は一段と過激になっている。危なっかしいが、頼れる工作員に成長した。躊躇《ちゅうちょ》なく事故に飛び込み、悲劇を自作する。

『事故』×『自演』——惨禍創造。

己の才能を、彼女は余すところなく発揮している。

ちなみに事故の衝撃は、アネットが作った防具で緩和し、怪我《けが》はたんこぶだけという。

「加えてアネットが作った盗聴器が内蔵された万年筆も取り付けたの。こっちはジビアお姉ちゃんが回収して、うまく敵の手に渡ったの」

「本当に大活躍じゃない」

「でも、ティアお姉ちゃんの方が凄《すご》かったの」

エルナが楽しそうに拳を握った。

「人質に取られた状況で、『ベリアス』の情報を根こそぎ集めてきたの」

「ん、ありがとう」

褒めてくれたエルナの頭を撫《な》で、ティアは笑った。

『ベリアス』の人質となっている場で、彼女は女性スパイを一人籠絡《ろうらく》していた。彼らの総員は二十六名――この数字が分からなければ、今回の作戦は無理だった。

「でも私だけの成果じゃないわ。あえて人質に取られて、情報収集なんてこれまでは中々できなかった」

「の」

「ファルマさんが教えてくれなかったら、私は何もできなかった」

ティアは顔を覆うように右手を当てた。

あの騒々しかった日々が大きな意味を持っていたことに遅れて気が付く。どうして『鳳』が毎日陽炎《かげろう》パレスを訪れていたのか。悟ったのは、別《わか》れ際《ぎわ》に近づいた頃だ。

『鳳』は己の技術を、『灯』の少女たちに伝えていた。

もちろん、クラウスと訓練したいという動機もあるだろう。だが、それだけでなく、彼らは積極的に自らの特技を開示し、スパイの技を見せてくれた。

エルナも「……クノーさんも教えてくれたの」と哀《かな》しそうに俯《うつむ》いた。


『羽琴《はこと》』のファルマは、ティアとグレーテに技術を授けた。

——大胆に敵へ飛び込み、己の技術を十全に発揮する術《すべ》を。

『凱風《がいふう》』のクノーは、エルナとリリィに技術を授けた。

——姿を隠し続け、相手に気配さえ悟らせないまま破壊する術を。


交流を交わした蜜月の中で、彼らは落ちこぼれたちを導いていた。

「『ベリアス』の元々の総員は、四十九名。副官も五名いたそうよ」

ティアが呟いた。

「『鳳』襲撃時、副官三名含む二十三名が『鳳』に返り討ちに遭った。ヴィンドさんやビックスさん、ファルマさんが半分も数を減らしてくれた」

「さすがなの」

「そうでなかったら私たちはもっと苦戦を強いられていたわ」

もちろん残った二十六名という数も、十分な脅威である。

たった一人でも逃がしてはならない、という制約がある以上、クラウスの身体《からだ》一つでは対処しきれない。失敗した場合、フェンド連邦とディン共和国のスパイによる全面戦争の危険さえ孕《はら》んでいる。

しかも、敵はスパイ拘束に特化した防諜《ぼうちょう》専門部隊『ベリアス』。

これまで少女たちが敵《かな》わなかった、一流スパイが相手なのだ。

「やってやりましょう」

ティアは懐《ふところ》から拳銃を取り出す。

「今回だけは、どんな相手でも負けられない。私たちは、勝つのよ。もう落ちこぼれじゃない。最強のエリートたちがついているんだもの」

「分かっているの」

エルナもまた大きく息を吸い込み、ティアの横に並んだ。

彼らは命を賭《と》して、フェンド連邦の地で闘ってくれた。突然の襲撃に対処し、ランを逃がし生き延びさせた。今自分たちが動けるのは、彼らが遺《のこ》した情報のおかげだ。

「『灯』と『鳳』が組めば、どんな強敵にだって打ち勝てるの」

溢《あふ》れ出た涙をエルナは拭きとった。

◇◇◇

クラウスが動き出した。

次なる標的を仕留めに向かうのだろう。このままでは全滅も時間の問題か。

――パンッ！　と大きな音が鳴った。

銃声ではない。アメリが両手を叩《たた》いた音だ。動揺する仲間が我に返ったようにアメリに注目する。

アメリは息を吸い込み、自ら気合を入れ直した。

逃走手段を潰された以上、次善の策を用意せねばならない。

（向こうは相応の準備をしているはず……闇雲に夜の森へ逃げ込むのは、リスクが高すぎる。だが、このまま燎火とやり合うのは自殺行為でしょう）

『燎火』のクラウス。詳細は不明だが、戦闘能力は恐ろしく高いと聞く。

だとしたら答えは一つ。

（――迎え撃つ。限りなく闘わない方法で）

アメリは唇を噛《か》み、ポケットから武器を取り出した。

何も知らぬ者が見れば、嘲笑《あざわら》うだろう。スパイの世界に身を置く者であっても、戸惑いの表情を浮かべるだろう。その武器に殺傷力はないのだから。

指揮棒だ。

実際、特別な機能はない。ただの棒だ。

だが『操《あやつ》り師《し》』の異名を持つ彼女が、その指揮棒を自在に振る時、あらゆる敵を討ち滅ぼす力を生む。

アメリは鋭く指揮棒を振るった。

空気が切れるような音は、訓練された部下の意識を目覚めさせる。

「逃走は諦めましょう」

彼女は告げる。

「ただ、燎火と直接やり合う必要はありません。少女を人質に取ります」

クラウスは数人の部下を連れてきている。彼は仲間に対する依存心が強いという。人質は有効な手段であるはずだ。

「――『絡繰人形《からくりにんぎょう》』【演目5番】」

アメリは指揮棒を横に振る。

「『祈祷人形《きとうにんぎょう》』【演目23番】、『性交人形《せいこうにんぎょう》』【演目34番】、『堕天人形《だてんにんぎょう》』【演目１８３番】、『分《ぶん》裂人形《れつにんぎょう》』【演目２１７番】、『模倣人形《もほうにんぎょう》』【演目63番】、『夕闇人形《ゆうやみにんぎょう》』【演目２番】――」

全ての部下に指示を出す。

口頭で告げずとも、指揮棒の動かし方でも命令は下せるが、これもまたアメリが美徳とする形式だった。

『操り師』の真骨頂――それは最大五十人を、自身の手足のように操れる指揮能力！

「我々にも意地があるのですわ」

アメリは指揮棒を、クラウスへ差し向ける。

「この国を守り続けてきた防諜部隊の誇りが！」

十名の部下が動き出した。

クラウスへの威嚇射撃も、人質に適した少女の捜索も、同時進行する。かつて『紫《むらさき》蟻《あり》』が行った、恐怖による画一的支配ではない。アメリというカリスマに心酔する部下たちは萎縮することなく、高い忠誠心の下、実力を１２０パーセント発揮する。

二階の窓からアメリは飛び出した。

指揮棒で部下を操る。伝えるのは、予《あらかじ》め定められた――演目。

例えば【演目23番】――ターゲット右足に向けて狙撃。七メートルの距離まで接近した後、後方の仲間とスイッチし左へ旋回。逃げ場を塞ぎ援護射撃を行う。

事細かく定められた演目の数は、二百以上。それを全て部下に叩き込み、必要に応じて使い分ける。戦場全てを把握する聴力、最善策を割り出す超人的知能、なにより絶対的信頼を受けるアメリの魅力が細やかな連携を実現させる。

特に鍛えられた部下が五名、アメリを囲むように動いた。

幾人ものスパイを捕らえてきた、必勝のパターンだったが――。

「分かるよ」

そのフォーメーションを壊すように走ってくる者がいた。

建物の陰から飛び出した少女が猛スピードで接近してくる。ジビアだ。

銃で迎えようとした瞬間、空から鷹《たか》と鳩《はと》が舞い降り、タイミングが崩される。

アメリが「――【演目25番】」と冷静に指示を出した。アメリと五名の部下は拳銃からナイフに切り替え、ジビアを迎え撃とうとする。

「コードネーム『百鬼《ひゃっき》』――攫《さら》い叩く時間にしてやんよ」

彼女の姿がブレた。

「――っ⁉」

アメリが息を呑《の》む。

殺気や敵意――だけでない。存在丸ごとが消えた。あり得ないが、そんな感覚を味わう。

アメリの知覚が再び彼女の姿を捕らえた時、身を翻《ひるがえ》して攻撃を避けるのが精いっぱいだった。少しでも気を抜けば、刺し殺されていたか。

幸い、他の部下も全員攻撃を避けている。

ジビアはアメリたちに攻撃せず、通り過ぎるように駆けていった。

その背中を撃つため、振り返って銃に持ち替えようとするが――利《き》き手《て》は空ぶる。

（盗まれたっ――？）

息を呑む。

「アンタだって背負うものがあるんだろうさ」

離れた場所で立ち止まるジビアの両手には、六丁の拳銃が握られていた。彼女は両手で器用に拳銃を分解していく。バラバラと銃の部品が地面に散らばっていった。

「けどな、あたしらだって譲れねぇものがあんだよ」

拳銃を失い、アメリの統率が乱れる。

後方でまた二人分、クラウスにより部下が破壊されてゆく悲鳴が聞こえた。

◆◆◆

——蜜月二十九日目。

結局ビックスのジビアに対する襲撃は最後まで続いた。

妙にSっ気のある優男《やさおとこ》はこの日も「合コンに行きますか♪」と言い寄ってくる。ジビアは精一杯の逃走を試みるが、彼のパワーと詐術に圧倒され、捕まえられてしまう。

「まだまだ甘いですね♪」

別れが近づく夜であろうと、ジビアは足首を摑《つか》まれ、ビックスに吊《つ》るされていた。

「では、男装合コン行き決定ですね♪」

「いーやーだあああああああああああぁ！」

一度捕まえられてしまえば、彼の怪力から逃れる術はない。逆さ吊りの体勢で連行される。元々男っぽい服を着がちなこともあって、多少髪型を調整するだけで、ジビアは少年のような風貌になってしまうのだ。

ジビアは頭を下に向けた状態で、陽炎パレスの廊下を引き摺《ず》られていく。

（つーか、十七の乙女が男に拉致される構図ってどうよ？）

色々ツッコミどころは多いが、諦めるしかない。全てはビックスから逃げられない自分の落ち度だ。

格上を打ち破る騙《だま》しの技――詐術をまだ習得できていない。

「なぁ、あたしの詐術はどうすればいいと思う？」

尋ねると、ビックスは「ん？」と視線を向けてきた。

自分の特技に合った騙し方《スタイル》。それを結局、ジビアは見出《みいだ》せない。自分なりに考え、時にビックス相手に試しているが、失敗に終わっている。

「あたしって頭が良くないから敵を騙すのは得意じゃねぇんだ。どうすりゃいい？」

恥を忍んでアドバイスを求める。

ビックスは「キミって本当にバカですよね♪」と噴き出した。

「うるせぇ！　自覚はあんだよ！」

「違います♪　ぼくは最初からキミにヒントを伝えているのに♪　気づいていなかったんですね♪　傷つきますねぇ♪」

「あ……？」

「目を盗む――盗むのはキミの得意分野でしょう？」

頑張って顔を上げると、呆《あき》れて肩をすくめるビックスが見えた。

彼の詐術は『隠匿』。分厚い筋肉で挟み、武器や道具を隠し持つ技。直前まで相手に攻撃手段を悟らせず常に意表をつけ、諜報《ちょうほう》活動にも幅広く応用できる。

目を盗む——と彼は表現した。一度披露された時にも伝えられたか。

なるほど、と納得する。

頭を使って相手を惑わすことだけが騙しじゃない。相手の武器を掠《かす》め取ることも、欺く手段の一つだ。

ビックスは「この分だと、キミが詐術を習得するのは、もっと先でしょうね♪」とおかしそうに笑った。

「今は、別の手段を試した方がよさそうです♪」

「別の手段？」ジビアが首をかしげる。

そんな裏技があるなら、すぐに聞きたい。

「誰かに騙してもらえばいいんですよ♪」

ビックスはあっけらかんと口にした。

「どうせバカなんですから、キミより頭のいい人に委ねてしまえばいいんです♪」

「え。いや、それはそれでどうなんだよ……」

「いいんですよ♪　だって、それはキミの強さでしょう♪」

彼の声に陰りが混じった。

「ぼくでは、ダメなんです。臆病すぎる。余計なプライドも邪魔をする……だからヴィンドくんは、ぼくと連携しない。龍沖でアナタに告げた言葉は事実ですよ。落ちこぼれやエリートなんて狭い尺度で留まっているキミたちは本当に滑稽だ」

「…………？」

突然吐き出された感情に困惑してしまう。

ビックスが自身の内面を語るのは初めてだった。彼もまた明かす気はなかったらしく、誤魔化すようにはにかむ。

しかし、その不自然な笑い方でむしろ、彼のコンプレックスに気づいてしまった。

龍沖でジビアと激突した時、彼はこう言ってはいなかったか。

――『ヴィンドくんよりも戦果を挙げたいので♪』

養成学校全生徒1位を獲得して『鳳』のボスまで上り詰めたヴィンドと、2位に甘んじたビックスとの間には、確執があるのだろう。

「アナタには全てあるじゃないですか♪」

ビックスは眩《まぶ》しそうに目を細めた。

「即座に反応できる身体能力、他者と信頼関係を築けるメンタリティ、判断を委ねられる無鉄砲な勇気、そして、アナタを信頼してくれる仲間が♪」

「…………」

「連携──それもアナタの武器の一つでしょう？」

結局、ジビアには彼の心情全てを理解できたとは言い難《がた》い。

しかし、彼が力ずくで叩《たた》き込んでくれた技術は身に刻んでいる。

向上心の高いスパイだった。ヘラヘラした笑みで誤魔化しているが、その実は情熱に溢《あふ》れていた。女遊びも訓練の一環、と語っていた。女性相手の交渉術は、彼がヴィンドに勝てるストロングポイントだったのだろう。

本心を笑みで誤魔化す、パワーと技巧を兼ね備えた武闘派スパイ。

──『翔破《しょうは》』のビックス。

◆◆◆

アメリは目の前の光景に愕然《がくぜん》としていた。

壊されていく。

壊されていく。

壊されていく。

止められないのは、もちろん『燎火』のクラウスだ。部下には精一杯の時間稼ぎを指示しているが、嘲笑《あざわら》うようにナイフで打ち倒していく。拳銃を持っている部下が同時発砲するが、彼は苦も無く銃弾を弾く。

だが、それはまだ想定通りだ。

彼一人ならば、勝機はあったのだ。

しかし、これまで共に国を守り続けた部下たちが、年端《としは》のいかない少女たちに蹂躙《じゅうりん》されていく。銃を失った部下はナイフを構えるか、小石を投擲《とうてき》するかで牽制《けんせい》するしかない。

だが、そんな抵抗で、拳銃を持つ訓練を受けたスパイに敵《かな》うはずもない。

身を隠すため建物の陰に逃げ込もうとしても、そこには狙ったようにトラップが仕掛けられている。足を切られ、一層逃走が難しくなる。

空には、大きな鷹が旋回していた。まるで潜むアメリたちを見張るように、狙いを済ませている。銃で狙っても、鷹の黒い体軀《たいく》はすぐに夜闇に消え、見えなくなっていった。

イチかバチかに懸けて、森に向かって駆けだしていけば——。

「遅いよ」

新たな少女の声が聞こえ、正確無比な銃弾が逃がさない。

部下の一人がまた足を撃たれ、地面に這《は》いつくばる。

建物の屋根の上に一瞬見えたのは——蒼銀髪《あおぎんぱつ》の少女。

少女が潜む付近で何かが反射した。鏡だ。五枚以上の鏡が見えた。彼女はそれで全方位を監視しているのかもしれない。

部下を一人、また一人と失っていく現実を、アメリは信じられなかった。

(おかしい……あの小娘《リトルレディ》には、未熟さが残っていた……)

ジビアを初めて見た時の印象は、忘れていない。

もちろん、その時から彼女の演技は始まっていたのだろう。しかし、彼女の言動の端々から感じたのは、隠しきれない経験不足だった。

——スパイとして頼りない少女たち。

時々匂わせていたのは、劣等感。『鳳』に対するコンプレックス。ジビア一人ではなく、仲間全体で抱えているように彼女は語っていた。

歴戦のスパイたるアメリの直感は、間違えない。

(……急速に、育ちつつある……!)

それが、アメリが読み間違えた理由。

急激に遂げた成長に、少女たちの自己評価が追いついていない。

しかも、その変貌は——。

（成ろうとしている……何か、途方もなく異形な、存在に……っ！）

アメリが相対してきた一流のスパイが蠢《うごめ》く舞台に、少女たちが辿《たど》り着こうとしている。

——ここで消さなくてはならない。

覚悟を決める。

——今殺さなくては、彼女たち一人一人がいずれ自国の脅威となり得る。

そう判断した時、後方から複数名の声が聞こえてきた。

「マスターっ！」

振り返る。

大型車が二台、工事現場に割り込んできた。蒼銀髪の少女にタイヤを撃ち抜かれ、二台とも大きくスピンするが、アメリの場所まで辿り着く。乗っていたのは、アメリが『蓮華人形』と同行するよう命じた十名の部下だった。

「アナタたち、どうしてここにっ？」

「『蓮華人形』様に言われたのです。すぐ駆け付けるように、と」

素晴らしい判断だった。

リスクを回避する意味合いを込めて戦力を分散させたが、このタイミングの助っ人《すけと》は心強い。更に好判断は、『蓮華人形』自身は車に乗っていなかったことだ。最悪彼女一人さえ生き残れば、『灯』の凶行を本部に伝えられる。

まだ逆転の目はある。

アメリは部下から自動拳銃を受け取り、「――【演目92番】」と命じる。カウンターを意味する、『ベリアス』のフォーメーションだった。

(急速に力を付けた者は、その力に溺れる……！)

状況を静かに分析する。

『灯』は焦《あせ》るだろう。あと一息で全滅というところで、『ベリアス』に助っ人が現れる。少女たちは突撃をやめられない。この優勢を手放せまい、と襲いに来るはずだ。

その瞬間、罠に嵌める。経験の差で状況を打破するのだ。

――一瞬の隙を討て。

案の定、一人の少女が建物の陰から飛び出してきた。

アメリは叫んだ。「その無謀な小娘《リトルレディ》を捕らえなさいっ！」

ジビアに向け、大型車に潜んだ部下が一斉射撃を行う。

「っ！」

彼女は慌てて身を翻《ひるがえ》し、近くのロードローラーに隠れた。

当然、このチャンスを逃がさない。

たった一人でも拘束できれば、クラウスと人質交渉を行えるのだ。

窮地を脱する、最後の手段だった。

「――【演目45番】」とアメリは指揮棒を振るった。

意味は、決死突撃。八人以上の部下が隊列を組み、ロードローラーに隠れたジビアを捕らえに向かう。途中何発撃たれようと、その攻撃を止めることはない。

囲まれるジビアは棒立ちだ。抵抗する素振りもない。

彼女の周りにクラウスの姿は見えない。

（そう、燎火の弱点は――仲間と連携ができないこと！）

クラウスの欠点を、アメリは既に看破していた。

（アナタが本気で動けば、周囲は誰もついていけない。ダンスさえ踊れない程に！）

その綻びをつき、フォーメーションの乱れた仲間を捕らえればいい。

計算通りに運んだ現実にアメリはほくそ笑む。

「まーだ、分かってねぇ」

声が聞こえてきた。

え、とアメリは目を見開く。

ロードローラーの向こうから、ジビアがからかうようにアメリを見つめていた。

「アンタさ、本当にあたしとアイツの相性が最悪とでも思ってんの？」

◇◇◇

アメリの分析力は真実の一部に辿り着いていた。

事実、これまで『灯』の少女たちとクラウスが共闘することはなかった。同じミッションに挑んでいても、大概は別行動。少女たちには補佐的な任務を行わせ、最も危険な場面はクラウス独力で飛び込んでいく。

クラウスは部下と連携ができない、というのは真実だった。

しかし『灯』を外部から冷静に観察したビックスは、一人の少女に注目する。

――クラウスと唯一、連携できる可能性を秘めた少女。

他の少女では不可能だった。

身体能力が高いモニカには、他者と合わせるメンタリティがない。逆にクラウスとの対話能力が高いグレーテでは、彼の動きについていけない。

いずれ訪れる——強大な敵に対し、クラウス一人では手数が足りない局面。
そんな状況下でこそジビアは輝く。
〈白鷺《しらさぎ》の館〉でワルツを踊り始める直前に二人は確かめ合った。互いの腰に手を当て、見つめ合った。アメリに小言のような忠告をされ、言葉を交わした。
——『どう思う？ あたしらのコンビネーションが心配されているらしいぜ』
——『そのようだな』
——『冗談だろ？』
——『もちろんだ』
その瞬間、クラウスとジビアの連携は完成していた。

◇◇◇

アメリの制止は間に合わない。
その光景はスローモーションに見えた。
八人の部下がジビアを取り囲んだ時、彼女の身体《からだ》がふわりと浮いた。その足元から、クラウスが現れた。ロードローラーに隠れていたようだ。

「ところで――」

ジビアを引き寄せながら、彼は口にする。

「――このお遊びには、いつまで付き合えばいい？」

二人は肩を抱きながら、大きく一回転した。

直後、アメリの部下が後方へ弾《はじ》き飛ばされる。

クラウスにリードされ、ターンをするジビアの蹴りが、部下の拳銃を叩《たた》いた。ジビアの腰に手を回したクラウスはそのまま発砲し、部下の膝を正確に狙撃する。

まるでワルツを踊るように、二人の身体が入れ替わり、攻撃を繰り出していく。

それは、発砲と回し蹴りの舞踊。

クラウスの腕に引かれ、ジビアは大きく宙を跳ぶ。敵の銃弾を避け、そのまま放たれる跳び回し蹴りは、見惚《みと》れるほどに優雅だった。

（あの拙いダンスは、演技だったのか……っ？）

嵌《は》められたことに気が付いても、手遅れだ。

次々と部下が倒されていく光景を、アメリは見つめるしかできなかった。

指揮どうこうの次元ではない。

部下は全員クラウスとジビアの攻撃範囲内だ。

回転するクラウスが腕を伸ばす度に、一人の部下がその裏拳に倒されていく。彼に導かれるように舞うジビアは、クラウスの死角から逃げる者の足を拳銃で撃ちぬいた。

美しかった。

思わず、見惚れる程に。

逃げるという選択肢はなかった。既に包囲網は完成しているのだ。いくつかの銃口がアメリを捉えている感覚があった。

やがて最後の部下が、ジビアの裏拳で打ち倒される。

全ての部下をアメリは失った。

「……これで終わりだな」

クラウスの呟《つぶや》きが届いた。

事実、工事現場に残されたのは自分一人だった。

「…………………………………………………………………………」

…………………………………………………………………………

現実を受け入れることに、長い時間を要する。

アメリの誇りが、その敗北を認められなかった。

（我々は間違えない……そのはずなのに………）

十年以上、ＣＩＭに仕えていた。採用された時は『レティアス』というトップ集団の末端として諜報《ちょうほう》活動に励み、才覚が認められると、国内の防諜《ぼうちょう》に専念するようになった。最高機関『ハイド』に認められ、直属の防諜部隊『ベリアス』のボスとなる。

全ては故郷を守るため。

フェンド連邦は世界大戦以降、先の見えない不景気に飲まれていた。

アメリには愛する人がいた。親がいる。兄弟がいる。友人がいる。想《おも》いを伝えぬまま連絡を絶ったが、慕っていた人だっている。何より、その全ての国民の心を支える王がいる。

正義のため、アメリは敵スパイに勝ち続けた。

狙った獲物を逃がしたことは一度もない。

――だが今、自分は間違いなく敗北を喫している。

思えばダリン皇太子を守れなかった時点で、運命は決まっていたか。

（……………ここで、ワタクシは死ぬのでしょうね）

工事現場の中央で佇《たたず》むアメリは、静かに敗北を受け入れる。

これまで全く覚悟をしていなかった訳ではない。ただ今日という日に迎えるとは思ってもみなかった。

幸い、微《かす》かな希望があった。

（……『蓮華人形』は別行動させてよかった。彼女が上層部に報告してくれる）

姿を消した『自壊人形』は既に討たれたのだろう。だが『ベリアス』にはもう一人、副官が残っている。ダリン皇太子が殺され、自主性を発揮し始めた『蓮華人形』が。

聡《さと》い彼女ならば、戻ってこないアメリの末路を察してくれるはずだ。

ＣＩＭの同胞に伝え、ディン共和国を敵対国として認定するだろう。

自分たちの死は無駄にならない。

その事実に安堵《あんど》し、アメリは瞳を閉じる。

たった一人でもいい。『蓮華人形』さえ生き延びてくれれば――。

「これは伝えたはずだが――」

クラウスの声が聞こえる。

「――お前たちは世界から抹消されるんだ。一人残らずな」

まるでアメリの心を見透かすようなセリフは、最悪の未来を想起させるに十分だった。

悪寒《おかん》を感じた。

足元が崩れるような感覚に陥る。

いつの間にか、アメリの正面に新たな人物が現れていた。

ハッと息を呑《の》み、目を見開く。

その人物は――。

◇◇◇

――遡ること七時間前。

〈白鷺の館〉には、『灯』のリーダー、愛らしい顔の銀髪の少女が潜んでいた。

「どうも、本気の本気で潜みまくっている存在感激薄スパイ、リリィちゃんです！」

彼女は〈白鷺の館〉のある場所に隠れて、ホールを観察していた。

パーティーが間もなく始まろうとする頃だ。彼女は『ベリアス』がこの屋敷《やしき》で警備を張る前に忍び込むことで、誰にも見つからない潜伏を成功させていた。

皿ごと盗んできた料理を頂きつつ、彼女は気配を消す。

スタッフを騒がせた「料理泥棒」とはリリィのことであった。

「クノーさんに教わったことも一理ありますねぇ。最後の最後まで潜伏して、トドメの一撃！　中々に粋ですよねぇ。ふふん、わたしのスパイらしさに磨きがかかりました」

上機嫌に言葉を並べるリリィ。

その時パーティーが始まった。主催者であるデイヴィッドの挨拶が終わった後、オーケストラの調べと共にワルツが始まる。

視界の先では、ジビアとクラウスがホールをゆっくり回転し始めた。最初はピッタリと合っていたが、突如派手に転んでしまう。すぐ起き上がるが、次第にリズムが合わなくなっていき、ステップが乱れ始める。

クラウスとジビアが完璧に行う――下手なダンスの演技。

リリィは満足げに頷《うなず》いた。

「うんうん、素晴らしい連携ですね。さすが先生。ジビアちゃんによく合わせています。仕方がありません。このリリィちゃんが認めてあげますよ」

一応元夫婦でしたっけ、とぼやく。以前そんな花嫁騒動があった気がする。

リリィはそっと構えた。

怒鳴り合うコンビは、互いの足を引っ張り合いながら、ホールを移動する。彼らの先には、踊りながらランを捜索する『自壊人形』と『蓮華人形』のコンビがいた。

正面衝突し、四者全員がエリアを外れ勢いよく倒れ込む。

リリィが潜んでいるテーブルの下へ転がり込む。

「しかし、ジビアちゃんとの連携なら――わたしだって負けませんので！」

テーブルクロスに身を隠したジビアが、『蓮華人形』の身体を押し上げた。

――任せた、とジビアがアイコンタクトで言葉を送る。

――ほいきた、とリリィが笑う。

リリィの右手には、毒針が握られている。

「コードネーム『花園《はなぞの》』――咲き狂う時間です」

クラウスが『自壊人形』とぶつかり、小さな身体を吹っ飛ばした。彼の視界を塞ぐように床に転がる。

その一瞬、リリィは無駄なく『蓮華人形』の首に毒針を打ち込んだ。

かくして策は成る。

フェンド連邦各地に仕掛けた『灯』の少女たちの策。

モニカの盗撮により、『鳳』を襲った人物が『ベリアス』と特定された。人質に取られたティアにより内部情報を得た。アネットは万年筆に擬態した盗聴器を作りあげた。エルナは自ら交通事故を起こし、車を止めて万年筆を仕掛けた。ジビアが瞬時に万年筆を回収し、『自壊人形』に奪わせ『蓮華人形』の手に渡らせた。声を盗聴した後〈白鷺《しらさぎ》の館〉にてリリィが『蓮華人形』を昏倒《こんとう》させた。サラが調教した動物により、不審な通信を打電した。

ジビアを中心として、あらゆる策が回る。

——そして、今回のキーマンとなった少女は、盗聴した声を真似《まね》、瞬《また》く間《ま》に『ベリアス』を呑み込んだ。

◇◇◇

——修道服姿の女性が立っていた。

アメリを見下ろすように彼女は正面に立ち、穏やかな笑みを向けている。服には汚れ一つなく、真っ黒な布地が不気味に感じられた。何か声を発する訳でもなく、まるで置物のように立ち続けている。

山奥の工事現場跡にいるはずのない『ベリアス』の副官――『蓮華人形』がいた。

「『蓮華人形』……？」

アメリは目を疑う。

別行動を命じた副官が、なぜここにいるのか。

「すぐに逃げなさいっ！　アナタだけでも離れて、すぐにっ！」

もはや悲鳴のような声を上げていた。

なぜ彼女がこんな暴挙に及んでいるのか、理解ができない。スパイとして正しい判断は、逃走しかない。彼女一人では燎火を打ち倒し、アメリを救うことなど不可能なのだ。

『蓮華人形』は微笑《ほほえ》みを浮かべ続けている。

「………っ」

その憐《あわ》れむような表情で、アメリは察する。

一体、この襲撃を誰がコントロールしていたのか。

――クラウスに仕掛けた発信機、謎の通信を報告してきた者。

――わざわざ別行動をさせた部下をここへ誘導した者。

ヒントはあった。

紅茶を淹《い》れた際、違和感は摑《つか》んでいたはずなのに。

――『とてもいい香りですわ。腕を上げましたね』

彼女が普段淹れる紅茶とは、違う味だと感じていたのに。

「アメリさん、感謝します……」

『蓮華人形』の容姿をした少女は、『蓮華人形』と異なる声で告げる。

「……アナタのおかげで、ボスとワルツを踊る一時を過ごせました」

彼女は自身の顔を覆うマスクを剝がしていく。

アメリは知らなかった。

敵地潜入でこそ猛威を振るうファルマが、ティア以外に技術を授けたもう一人の人物。

クラウスへの迸《ほとばし》る愛を秘め、敵地で大胆な振る舞いをしていた少女。

――『お前が頼りだ』

最愛の相手からの言葉を胸に、グレーテは敵に成りすまし恋をする。

『変装』×『邪恋』――仮面愛想。

「コードネーム『愛娘《まなむすめ》』――笑い嘆く時間にしましょう」

赤髪《あかがみ》の少女が、静淑な声で告げてきた。

アメリは思い違いに気が付く。

最も警戒するべきはクラウスでもジビアでもなかった。『蓮華人形』に成り代わり、全てを影で操っていた彼女こそが、彼らの切り札だった。

力が抜け、アメリは膝を地面に突く。

この瞬間――『ベリアス』の全滅は確定した。

何一つ見抜けず、何一つ太刀打ちできず、『灯』に蹂躙《じゅうりん》されたのだ。

だが、どうしても納得できない事実がある。

――一体いつ『蓮華人形』は入れ替わったのか？

彼女のそばには、『自壊人形』が付いていたはずだ。あるいはアメリや他の者がそばにいた。入れ替わりなどという大胆な策を用いる隙は与えていない。

赤髪の少女はアメリの前を通り過ぎ、ジビアに近づいている。

ジビアは、おう、と軽快に手を挙げた。

「お疲れ、グレーテ。さすがだな」

「……ジビアさんのおかげです。ボスと踊りながら『蓮華人形』をテーブルの下に落とし込む芸当はアナタしかできませんよ」

「どうも。けど、やっぱりダンスは柄じゃねぇわ」

「……ボスとのダンス、とても優雅でしたよ」

「お前には敵《かな》わねぇよ。超楽しそうに踊っていたよな」

「はい、たっぷりと密着できました」

「顔、赤かったぞ」

「……ふふ。パートナーを代わってくれたジビアさんにも感謝が尽きません」

二人の会話を聞いて、アメリは真実を悟る。

普通では到底想像しえないタイミング。

――〈白鷺の館〉、ジビアたちがダンス中『蓮華人形』を巻き添えに転んだ瞬間。

公衆の面前で堂々と行われていたのだ。

『蓮華人形』をテーブルクロスの下に押し込み、眠らせ――毒使いでも潜んでいたのだろう――グレーテと呼ばれた少女が『蓮華人形』と成り代わった。直後、ジビアがパートナーの変更を所望し、クラウスがグレーテをダンスホールへ連れていき、『自壊人形』を近づけさせなかった。

彼らはプロだ。注目する素人《しろうと》を欺くなど訳がない。

加えて、その一瞬だけは『ベリアス』はクラウスたちから視線を外していた。自分も語ったではないか。

――『ほぼ全ての観衆がアナタに注目する間、ワタクシたちはその観衆のリアクションを確認していました――ですが、特別な反応をする者は一人もいませんでした』

彼らが騒動を起こした瞬間こそ、アメリたちはランを探らねばならなかった。

目を盗まれたのだ。

なんと大胆な策か。観衆の注目をあえて集めて、入れ替えを行うなど。

「アナタの副官は……」「――もう盗んだ」

勝ち誇ったようにグレーテとジビアが告げる。

敗北どころではない。完敗だ。あらゆる罠《わな》を見抜けず、ただただ弄ばれた。アメリが持っていた全てを奪われ、絶望以外に何も残さない。

地面に膝を突き、ただ項垂《うなだ》れる。

やがてアメリを囲うように、ぽつりぽつりと建物の陰から人が現れた。皆どこか幼さを残す、少女と言っても差し支えない見た目だ。

——自分たちは、こんな子どもに負けたのか。

揺らぐ心を感じつつ、いや、と自ら否定する。

——彼女たちは片鱗《へんりん》を見せた。一国の脅威と成る兆《きざ》しを。

何が少女たちをここまで成長させたのだろう、と考える。クラウスの指導だろうか。いや、彼だけではない。アメリの直感が答えに辿《たど》り着いている。

(——『鳳』？)

なぜか、そのチームの名が頭をよぎった。理由は不明だ。

クラウスがアメリの前に立つ。

「『操り師』よ、お前たちはもっとも重い罪を犯した」

強い殺気に肌がひりつく。

「事情はあるだろう。だが、それは免罪符にならない。言葉を聞くこともなく『鳳』を強襲し、僕の友を殺し、そして僕の部下を泣かせた罪は重い」

クラウスの手には、拳銃が握られている。

「覚悟はできているな？」

分かっている。

拘束されたスパイの末路は誰よりも見てきた。ただ殺されるのではない。絶え間ない拷問が続く。やがて理性は崩壊し、あらゆる情報を吐きだすことになる。忍耐や精神の次元ではない。薬品を盛られ人格さえも残らない。待つのは闇より深い絶望だ。

アメリは懐《ふところ》から一本のナイフを取り出した。

刃《やいば》を向ける先は——自分の喉元。

右手で強くグリップを握り、左手で峰を支える。恐れはあれど震えはない。

「さようならですわ、御客人」

意を決し、アメリが力を加える。

だが刃が喉に当たる寸前——右手首を摑まれた。

ジビアだった。

決死の表情で固く、強い力でアメリの自決を阻止している。

「死なせてください」懇願する。「今、ここで」

「ダメだ。アンタには吐いてもらいたい情報がある」

その眼差《まなざ》しには並々ならぬ熱があった。

アメリもまたナイフに力を加え、抵抗する。

「……アナタには、妹と弟がいるのでしょう？」

「アナタが着替え中にしていた会話は、全部盗聴器で聞いていました。たとえ小声でも拾えます。我々の技術力を甘く見ましたね」

「あ？」

勝ち誇るように笑ってみせた。

「ワタクシにも家族がいます。せめてもの情けをかけてください。自殺を、認めてください。情報を流し、家族を、国を――王を裏切るくらいなら、潔《いさぎよ》く死にたい」

「…………」

「理解できるはず――給料を弟妹がいる孤児院へ全額寄付するほど情深いアナタなら」

嘘《うそ》偽りのない本音だった。

アメリは彼女の話を聞いて、共感を抱いていた。

更衣中に語ってみせた、ジビアの仄暗《ほのぐら》い出自――暴力にまみれたギャングの世界から必死に逃亡した、姉弟《きょうだい》。今も想《おも》い続けている、優しき心。

彼女ならば、きっと自死を認めてくれる。

しかし、ジビアは首を横に振った。

「弟妹がいた孤児院だよ」

「………？」

「あたしの妹や弟は死んでる。殺された。親父《おやじ》のせいで憎まれる理由は山ほどあった」

「――っ」

アメリは目を剝《む》いた。

だとしたら彼女の話には、不可解な点がある。

「アナタはそれでも寄付を続けて――」

一体あのセリフはどんな心で吐いたのか。

――『たまに目を閉じて想像する……あたしの寄付金で、腹いっぱいのご飯を食べる弟や妹を……アホみたいに笑っている姿を……たとえ会えなくても、それで十分』

「笑えるよな」

自嘲するようにジビアは肩をすくめた。

アメリは見つめ返すことしかできない。

「だから、もう頼むよ」

ジビアはアメリの指を絡《から》めるようにして、巧みにナイフを盗み取った。

「頼むから——これ以上、あたしから何も奪わないでくれ」

エピローグ　合同任務

フェンド連邦へ発《た》つ数日前のことだ。

クラウスは対外情報室の本部でCと向き合っていた。ディン共和国のスパイマスターを担《にな》う男は、手短に『鳳《おおとり》』が壊滅したことを述べ、彼らの任務の引継ぎを頼んできた。

哀《かな》しみを理性で抑え込み、クラウスは新たな任務に思考を切り替える。

同胞が亡《な》くなるのは、初めてのことではない。

たとえ胸を穿《うが》つような悲劇が起ころうと、前に進まなくてはならない。

「……………そもそも『鳳』はなぜフェンド連邦に？」

「『焔《ほむら》』の滅亡に関わることだ」

Cが答える。目つきが鷹《たか》のように鋭い、ロマンスグレーの男だ。

彼はテーブルに置かれたファイルを無造作に放り投げる。

「『焔』の壊滅には、いまだ不可思議な点が多い。その捜査の一つを任せていた」

クラウスは頷《うなず》いた。

かつて家族のように愛した、伝説的なスパイ機関の滅亡には謎が残されている。

――『炬光《きょこう》』のギードがなぜ裏切ったのか？

――生物兵器の奪還に関わっていたはずの『紅炉《こうろ》』が、なぜミータリオにいたのか？

手がかりは、対外情報室に届けられた六つの遺体。

『紅炉』フェロニカ。ムザイア合衆国にて『紫蟻《むらさきあり》』に殺されたボス。

『炮烙《ほうらく》』ゲルデ。死亡場所不明。深い切り傷を負っていた老女の狙撃手。

『煤煙《ばいえん》』ルーカス。死亡場所不明。右半身を焼かれていた天才ゲーム師。

『灼骨《しゃくこつ》』ヴィレ。死亡場所不明。双子の兄同様、左半身を焼かれていた占い師。

『煽惑《せんわく》』ハイジ。死亡場所不明。毒殺され、花で彩《いろど》られていた官能小説家。

『炬光』ギード。遺体を偽装し、ガルガド帝国で『蒼蠅《あおばえ》』と呼ばれていた戦闘屋。

彼らが死亡直前、どこで何をしていたのかも不明だ。

当時クラウスは、ギードの策謀により遠い地にいた。『焔』の様子はよく知らない。

「彼らの死亡理由を探るのは、我々の大きな仕事の一つだった。その裏には、世界中で暗躍を始めた『蛇《へび》』の存在が関わっているはずだ」

「あぁ」

「『鳳』に調べさせたのは――『炮烙』のゲルデの死亡経緯だ」

意外な情報に目を見開いた。

クラウスは相手を睨《にら》みつける。

「なぜ僕に任せてくれなかった？」

「『飛禽《ひきん》』はフェンド連邦で死亡五か月前の『炮烙』と接触していた。龍沖《ロンチョン》での任務で彼らは大きく成長したと聞いた。彼らに任せるのが適任だった」

「しかし、それでも……」

「キミには他にも重要な防諜《ぼうちょう》任務があった。判断が間違っていたとは思えない」

──しかし、その結果『鳳』は壊滅したのだ。

憤《いきどお》りはある。が、ここは責任を追及する場ではない。

今明らかにしなければならないのは、彼らがなぜ殺されたのか、という謎だ。

「何者が『鳳』を潰したんだろうな……？」

幾度となく頭をよぎる問いを、クラウスは口にする。

「唯一の手掛かりはこれだ」Cは一枚の資料を差し出した。「『飛禽』は壊滅直前、あるメッセージを連絡係《メッセンジャー》に授けていた」

「……ヴィンドが？　どんなものだ？」

クラウスは素早く資料に目を落とした。

《――『炮烙』の遺産が見つかった。詳細は口頭で伝える》

目を剝いた。

機密情報は、通信の傍受や盗聴のリスクを警戒し、口頭での伝聞が基本だ。ヴィンドたちはかなり機密性の高い情報に辿り着いていたことになる。

――それが殺された理由なのか？

すぐに結び付けてしまうのは早計か。しかし、機密情報を手に入れた直後に殺されたという事実は、偶然にしては出来すぎている。

「『灯《ともしび》』に任務を与える」

Ｃはクラウスに告げる。

「一つ、フェンド連邦にて『鳳』の死因を調べあげろ。二つ、その裏に潜む敵を討て。三つ、『鳳』が見つけた《ゲルデの遺産》を手に入れろ」

その任務の名は知っている。

同胞が続行不可能と判断された任務を引き継ぎ、成功させる――数あるスパイの任務の中で、最難関に属する――不可能任務。

そして『灯』は身を投じる。

《ゲルデの遺産》を巡る、スパイの策謀が絡まる――フェンド連邦諜略戦。

◇◇◇

そして『灯』は一つ目のミッションクリアまで辿《たど》り着く。

ヒューロの端にある山奥で、クラウスたちは『ベリアス』二十四名を拘束し終えた。ここにいない『自壊人形《じかいにんぎょう》』という副官は、アネットが拘束しているという。『蓮華人形』は別の場所に閉じ込めてある。

銃で足を撃った敵には、簡単な処置を施した。

直ちに死亡する者は誰もいない――これ以上、『灯』が攻撃を加えなければ。

防諜部隊『ベリアス』の生殺与奪の権利は、クラウスが握っている。

「……………なぜ我々と敵対するのですか？」

クラウスは、アメリを管理小屋まで連行した。

彼女以外は、工事現場の隅に並べて拘束してある。逃げ出したり自殺したりしないよう、拳銃を握った少女たちが見張っていた。

部下と離されたアメリは苛立《いらだ》ちを含んだ声をあげた。

「ディン共和国の狙いが分かりません。ダリン皇太子様を殺し、それを捜査する我々を捕らえ……何がしたいのですか？」

「そうだな。まずは説明しておこう」

クラウスは空き室の扉を開ける。

部屋の中央には、包帯塗れの一人の少女が、影のある瞳で立っていた。

「『浮雲《うきぐも》』のラン……っ！」

アメリが呻《うめ》く。

中性的な容姿をした、臙脂《えんじ》色の髪の少女は静かに頭を下げる。

「いかにも。『浮雲』のランでござる」

「燎火《かがりび》っ⁉」アメリが目を剥いた。「やはりアナタが彼女を——」

「冤罪《えんざい》でござる。『鳳』はダリン皇太子の暗殺に関わっておらぬ」

クラウスの代わりに、ランが答えた。

彼女は一瞬悔しそうに拳を握りしめた後、深々と頭を下げた。

「信じてほしい。『鳳』は無実でござる。フェンド連邦に何一つ危害を加えておらぬ」

「よくもぬけぬけと……っ」

アメリが怒気を孕《はら》んだ声をあげる。

彼女の足に力が入っている。反射的に目の前の少女を殺す衝動をぐっと抑えるように、冷たい殺気を放つ。

「アメリ――いや『ベリアス』のボスよ」

クラウスが制した。

「彼女の話を聞いてくれないか？　今、お前を誰よりも殺したい人物だ。それを理性で堪《こら》え、頭を下げている。僕たちが望むのは、対話だ」

「対話ですって？　ここまでしておいて――」

「そうしなければ、お前はランの言葉に耳を貸さなかっただろう」

「…………っ」

「もし対話を拒絶するなら、僕は最終手段を行使する。これ以上は言わせるな」

アメリならば伝わるはずだろう。

最終手段——拷問だ。

捕らえた部下を次々とアメリの前で殺していく。彼女の心が砕かれ、その人格を完全に叩《たた》き壊すまで。クラウスがその気になれば、今すぐにでも実行に移せる。

アメリが不服そうに唇を噛《か》み、やがて「……分かりました」と頷いた。

ランは全てを語った。『鳳』は、フェンド連邦で姿を消したスパイの足跡を捜していたこと。突如『ベリアス』に襲撃されたこと。ダリン皇太子は眼中になかったこと。

彼女が理路整然と訴える言葉を、アメリはじっと黙って聞いていた。

「そもそも」

最後、クラウスが質問をぶつけた。

「『ベリアス』は何を根拠に、『鳳』が皇太子暗殺に関わっていると判断したんだ？」

「……上層部の指示です」

「証拠を見もせずに暗殺を実行したのか？」

「それが命令だったのです」

アメリの声に覇気はなかった。

「我々には我々のやり方があります。チェス盤の駒は、プレイヤーの真意を疑わない」

「ＣＩＭの上層部——『ハイド』だったか？」

「……ええ、よくご存じで。ワタクシも詳細は知りません」

クラウスも名前だけは知っている。

フェンド連邦 諜報《ちょうほう》機関ＣＩＭの最高機関『ハイド』――五名のスパイで成り立ち、その姿は直属の部下さえも知らないという。

アメリが訝《いぶか》しむ。

「彼らが嘘《うそ》をついている、とでも？」

「そう判断すべきだ。二重スパイか、彼らも騙《だま》されているか。フェンド連邦の内奥に大きな膿《うみ》が溜《た》まっているようだ」

クラウスは結論づける。

「……ダリン皇太子の暗殺をサポートした者が『ハイド』にいるんだろう」

「そんな訳がないでしょうっ――‼」

アメリが声を荒らげた。

「結局、アナタ方の話には根拠がない！　都合のいい嘘を我々に吹き込み、『ベリアス』をコントロールしようとしている――違いますかっ？」

「根拠を示せないのは、お前も同じだ」

「ですが――っ」

「『操《あやつ》り師《し》』とは、そのレベルなのか？　ジビアやランの訴えを聞いて、何も感じ取れないのか？　姿も知らぬ上司を盲信し、目の前にある真実さえ見落とすか」

「………………………………っ」

アメリは口を閉ざしたままだ。

瞳には強い葛藤が感じられる。上層部を疑うことなど考えられないように。

「……我々はアナタを信頼できません」

小さな呟《つぶや》きだ。

「ワタクシの部下を傷つけた……それに、アナタが最初から全てを打ち明けていたら、ダリン皇太子様を守れたかもしれません」

「何度も伝えたよ――『鳳』が殺したはずがない、と。お前は耳を傾けなかった」

「ですが……」

「アメリ、僕たちはかなり譲歩しているんだ。将来有望な同胞が五人殺された。これ以上、僕たちの感情を逆撫《さかな》でしないでくれ」

「…………」

気まずそうに沈黙を続けるアメリ。

クラウスは首を横に振った。

「……もういい。時間もない。全て話せ。さもなくば『ベリアス』は全員殺す」

「…………………」

「スパイならば、自国の安寧を優先しろ。背信容疑のある上司を盲信して抹消されるか。形だけでも僕たちを信じ、生きて今後も国を守り続けるか。どちらが望みだ？」

クラウスが厳しい声音で脅す。

もしアメリが対話を拒絶したなら、クラウスは覚悟を持って『ベリアス』を皆殺しにする気だ。自国を守るため、『灯』の凶行を誰にも知られてはならない。その際、心の優しい少女たちにはショックを与えるだろうが、辞せない状況だった。

アメリは両手で顔を覆った。

「…………………何が聞きたいのですか？」

対話に応じる気らしい。

クラウスはアメリの前に、椅子を差し出した。

「ヴィンドたちの死について話せ。不審な点があるはずだ」

「――っ。なぜ、その事実を？」

「なんとなくだ」

口を開けるアメリ。

少し迷ったうえで、クラウスは伝えることにした。

「お前程度が、ヴィンドたちを殺せるはずがないだろう」

◇◇◇

クラウスの予想は当たっていた。

『ベリアス』は、ヴィンドたちを仕留めきれていなかった。

アメリは不服そうに語った。

「襲撃したのは事実です。しかし混戦となり、我々も甚大《じんだい》な被害を受けました。一夜明けて『鳳』たちの遺体は見つかりましたが、誰が殺したのかは判然としていません」

確実に殺したのは、真っ先に仲間を庇《かば》った『凱風《がいふう》』のクノーのみ。

もちろん、これはメンバーが生きているという可能性を示すものではない。彼らの遺体は見つかっているのだ。

何者かが殺したのだ――窮地に立たされた彼らに追い打ちをかけて。

アメリは、『ベリアス』の部下が差し違えて殺したのではないか、と予想したが、クラウスは直感的に否定する。ヴィンドはやがて世界有数の実力者になりえた男だ。命を賭《と》しようと『ベリアス』如《ご》きでは殺せない。

クラウスは、アメリに『鳳』の遺体が見つかった場所を吐かせた。やはり新聞発表とは異なる場所で、彼らの遺体は見つかっていた。

テレコ川の上流にヴィンドたちは逃げたようだ。下流に逃がしたランから注意を逸《そ》らすためだろう。

プラムの木が連なる丘だった。実がない、寒々とした木々が連なっている。黒いカラスが猫の遺体を食い漁《あさ》っている。

午前四時、クラウスたちは数人の部下と共に訪れていた。

「探そう。アイツなら、ヒントを残しているはずだ」

ヴィンドがただで死ぬはずがない。どこかの木に暗号を刻みつけているだろう。特別な根拠はない。ただヴィンドに対する信頼だ。

気になるのは、ヴィンドが遺《のこ》した言葉《ゲルデの遺産》だが――。

「えっ、そういえば――」

サラが声をあげた。プラムの根本を懐中電灯で照らしながら。

「――ラン先輩は知らないんすか？　《遺産》について」

「知らないでござる」

ランが即答する。

「拙者たちは別行動が多かったでござるからな。ヴィンド兄さんが仲間に情報を共有するために集まった夜が、『ベリアス』に襲撃された時でござる」

「なるほど……」

「無念でござるよ。この怒りのぶつけどころも、いまだ分からぬ」

彼女は怪我《けが》を堪えて捜索に参加していた。真剣な瞳で懐中電灯を握るランとサラ。

その一方で、ぎゃーぎゃーと騒がしいのはいつも通りの二人である。

「お前は働け！　今回大した仕事してねぇだろ！」

「出られなかったんですぅ！　パーティーが終わるまで隠れているしかないでしょう！」

ジビアとリリィだ。

二人は手元こそ真剣に捜しているが、喧《やかま》しく互いを罵り合っていた。

ちなみにジビアの指摘通り、今回はリリィの活躍は少な目だった。〈白鷺《しらさぎ》の館〉のテーブル下に潜み、ジビアに押し込まれた『蓮華《れんげ》人形』を毒で眠らせたのみ。あとは『ベリアス』に見つからぬよう、隠れているしかなかったという。

ジビアに尻を蹴られ、リリィはせこせこと走っていった。仲間に発破をかけた後、ジビアもまた作業を開始する。

クラウスは呆《あき》れた表情で歩み寄った。

「ジビア、お前は休んでいいんだぞ？　今回、もっとも働いたのはお前だ」

プラムの丘にいるのは、五人のみだ。

激しい戦闘の直後なのだ。他のメンバーは休憩も兼ねて、『ベリアス』の拠点に向かわせている。今頃お茶でも飲みながら、彼らが集めたデータを眺めているはずだ。

「いいよ、今は動きたいんだ」

ジビアは首を横に振り、プラムの木に懐中電灯を向けている。

が、やはり疲労があるのだろう。

「うぉっ」と間抜けな声をあげ、木の根に足を取られた。

クラウスは腕を伸ばし、倒れる寸前のジビアを支えた。

「少し休憩しよう。お前の体力も無尽蔵じゃない」

「す、すまん……」

ジビアは恥ずかしそうに頬を赤らめる。クラウスから離れ、大きなプラムの木の下に腰を下ろした。

放っておくのも不安で、クラウスも隣に腰をかける。

激闘の終わりにしては静かすぎる夜だった。冷ややかなフェンド連邦の夜風が、地表に流れている。

ジビアの肩が、クラウスの肩にぶつかった。

僅かに身体《からだ》を傾けてきた。

「…………アンタは知っていたよな？」

なんのことか。

少し悩んでいると、ジビアの方から説明してくれた。

「あたしの弟や妹がとっくに亡《な》くなっていること」

「あぁ、養成学校の教官から聞いていた」

アメリの前で明かした一件だろう。

彼女は仲間にもハッキリとその事実を伝えたことはないようだ。

父が首領を務めるギャング団『人食《ひとく》い』から抜け出し、孤児院で救われ、弟妹の期待を受けてスパイ養成学校に向かい――四年後、ジビアの弟と妹は殺された。

彼女は、荒れた。

夜な夜な養成学校を抜け出し、血の臭いを纏《まと》って宿舎に戻ってきた。その間、彼女が何をしていたのかは本人しか知らない。ただ校内で暴力事件を起こし、養成学校での成績を大きく落とし、元々の学力試験の成績も芳《かんば》しくなく、退学寸前まで追い込まれた。

それが、クラウスが知っている情報だ。

「言っとくけど、同情すんなよ」

ジビアは朗らかに告げる。

「もう立ち直ってんだ。あたしの使命は変わんねぇ。強くなる。この世界で、少しでも子どもが泣かないように動き続ける」

哀《かな》し気に笑う。胸に秘めた痛みを堪《こら》えるように。

彼女は前を見つめる。

「それに――」

「……？」

視線の先には、必死に動き回るサラやリリィの姿があった。

「今は、アイツらがいる。問題行動ばかりの妹たちが」

そうか、とクラウスは頷《うなず》いた。

そこには、『ジビアお姉ちゃん』と可愛《かわい》く擦り寄るエルナや、『ジビアの姉貴っ』と飛びつくアネットも含まれているのだろう。もしかしたら、捻《ひね》くれ者の蒼銀髪《あおぎんぱつ》の少女、恋愛下手の赤髪《あかがみ》の少女、偏った性知識で暴走する黒髪《くろかみ》の少女もまた。

ジビアはまた軽く肩をぶつけてきた。

「あたしからしてみりゃ、アンタだって弟みたいなもんだぜ?」

「……僕がか?　初耳だな」

「大分、手がかかるしな。目を離してられねぇよ」

「不服だ」

「守ってやんよ。お姉ちゃんが身体張って、どこへだって突っ込んでやる」

まっすぐな言葉が、とても眩《まぶ》しい。

彼女は——歪《ゆが》まない。

当たり前のように人を慈《いつく》しみ、当たり前のように訃報を哀しめる。

それは、この痛みに満ちた世界で、あるいは嘘《うそ》と謀略に満ちたスパイの界隈《かいわい》で、あるいは歪みと捻《ねじ》れを孕《はら》んだ少女が集う『灯』の中で、稀有《けう》な存在だった。

だからメンバーは、彼女の明るさに救われる。

抜群の連携を発揮し、あらゆる困難をパワフルに打ち壊していく。

「——極上だ」

そう褒めるしかできない。

ジビアは恥ずかしそうに頬を緩めた。「アンタのそれは聞き慣れて、嬉《うれ》しくねぇよ」と怒ったように唇を尖《とが》らせた。

やがて何かを発見したように、ん、と声をあげた。

「あそこ……」

ジビアが懐中電灯を正面にあるプラムの木に当てた。

その表皮に動物の爪が研がれたような跡があった。一見、ネコかキツネの仕業に見える。

しかし、よく見ればナイフによるものだと分かる。

ディン共和国のスパイだけが読み取れる暗号——ヴィンドの遺言だ。

クラウスたちはすぐに立ち上がり、そのプラムの木に近づいた。一月《ひとつき》経《た》っていることもあり、その木皮に刻まれた跡は治りかけていたが、なんとか読み取れた。

——ヴィンドたちはやり遂げた。

『ベリアス』の強襲を振り切り、副官を何人も殺し、仲間であるランを逃がし、そして命が潰《つい》える直前で黒幕の正体を摑《つか》み、情報を残した。

凡人では決して成しえない偉業。

最後の最後まで誇り高いエリートたちだった。

「アイツらも、死んでほしくなかったなぁ……」

ジビアの頰に涙が伝う。

「なんで奪ってくんだよ……あたしから、大切なものを……」

繰り返す喪失の中で少女は泣く。

◆◆◆

——蜜月最終日。

送別会の夜は忘れられない。

『鳳』がフェンド連邦に発《た》つ前日、スパイたちは朝まで馬鹿騒ぎを続けた。陽炎《かげろう》パレスの外壁にはその時に描かれた絵が残っている。誰が提案したのかも覚えていない。全員で一本ずつ赤い線を引き、その絵を完成させた。

不死鳥《フェニックス》——『鳳』と『灯』の象徴だった。

周囲をからかい続けていた優男《やさおとこ》ビックスが笑う。

「あっという間の一か月でしたね♪　なんだか寂しいですね♪」

分け隔てなく抱き着いてきた女性ファルマが嘆く。

「いやだぁ、ファルマ寂しいよぉ。また会いたいよぉ」

個性的な仲間に振り回される少女キュールが頷く。

「大丈夫。案外、龍沖みたいにすぐ再会するかもよ」

無言でありながら仲間をそっと想《おも》う男クノーが呟《つぶや》く。

「…………是《ぜ》。その時は合同任務を果たせばいい」

唯一生き延びることになるトラブルメーカーの少女ランが笑う。

「うむ、むしろ楽しみでござるな。ぜひやりたいでござる」

最も多く陽炎パレスに来ていた青年ヴィンドが言う。

「……せいぜい足を引っ張るなよ、女ども」

不死鳥は、誰も死なないよう祈りを込めた絵だった。再会を願っていた。だが、その願いは叶《かな》わなかった。

果てしなく深い悲しみは少女たちの心を引き裂いた。

◆◆◆

「ふざけんなよ……」涙を流し、ジビアは嘆く。

『鳳』のメンバーの死は、『灯』の少女たちに大きな傷と成長をもたらした。

彼らの遺志は、少女たちの魂に受け継がれていく。

――くそくらえ。

そんな結末は僅かも望んでいなかった。

ずっと未熟なままでいいから、彼らを憧れ続けていたかった。こんな喪失を味わうのなら、落ちこぼれのままエリートを嫉妬していたかった。彼らにバカにされていたかった。

どんな言葉で誤魔化そうにも、この結末はハッピーエンドに成りえない。

――【親愛なる落ちこぼれどもへ】

ヴィンドが刻んだ遺言に、ジビアは声をあげずに泣く。

歪まない彼女は、そのメッセージを正面から受け止める。同胞の死を強く哀しみ、滂沱《ぼうだ》の涙を流していく。

「ジビア、お前は誰よりも優しい」

クラウスは彼女の横に並び立つ。

「――弔おう。この任務を最後まで成し遂げて」

ヴィンドは自らを殺した人物の特徴を書き残していた。

『ベリアス』の襲撃と同タイミングに現れ、ヴィンドたちにトドメを刺したのだ。『ベリアス』と繋《つな》がりがあるのだろう。おそらく彼らの上層部に嘘の情報を流したのも彼らか。

襲ったのは、二人。

——右腕に特殊な義手を複数つけた、黒い瞳をした多腕の男。

——嗜虐《しぎゃく》的な微笑を湛《たた》える、両肩にヒビのような大きな傷跡を持つ少女。

少女が男から呼ばれた名前を、ヴィンドは聞いていた。

——『翠蝶《みどりちょう》』。

このコードネームの付け方は、ある組織を連想させた。『蒼蠅』『白蜘蛛《しろぐも》』『紫蟻』と名乗り、世界を混沌《こんとん》に陥《おとしい》れるスパイたち。

その存在はこれまでクラウス、そしてティアの宿敵であった。

他の少女たちに直接的因縁はない。が、この瞬間、それは『灯』全員の宿敵となる。

フェンド連邦に『蛇』が潜んでいる。


ひとしきり泣いた後、ジビアが空を見上げた。

クラウスもまた同様に顔を上げる。

星が見えた。昨晩から降った豪雨が大気中の塵《ちり》を洗い流したようだ。街を覆い続けていた深い霧が消え、深海のような濃紺色の空が見えていた。数えきれない程の星が瞬《またた》いている。風が吹けば飛ばされてゆきそうな細い光。しかし目が離せなかった。胸が苦しくなるほど綺麗《きれい》な星空だった。身体《からだ》の奥から名もなき衝動が込み上げる。

「やろうぜ、ボス」ジビアが口にした。「『灯』と『鳳』――最初で最後の合同任務だ」

NEXT MISSION

クラウスはヴィンドの遺言を見つめながら、その気配を感じ取っていた。

このメッセージを残した後、彼は殺されたのだろう。ビックス、キュール、ファルマもまた討たれ、『鳳《おおとり》』は壊滅した。

――フェンド連邦に潜伏し続けている『蛇《へび》』。

多腕の男、傷跡の少女。

連想する。

ヴィンドが遭遇したという、フェンド連邦に滞在していた『炮烙《ほうらく》』のゲルデ。彼女を殺したのも、この二人のどちらかだろうか。老いていたとはいえゲルデを殺せるスパイがそう多くいると思えない。

(嫌な予感がするな……)

プラムの丘で、クラウスは口元に手を当て考えこむ。

「リリィ、先に他のメンバーと合流してくれないか？」

自身に近寄ってきた部下へ指示を送る。

「僕は少しここに残る。アイツをどう使うのか。タイミングを考えたい」

「あっ、もしかして――」

アイツ、という言葉を述べた時、リリィが表情を明るくした。

「この国に来る前に決めた、例の作戦のことですか？」

「……………まぁ、そんなところだ」

「了解しました。では、わたしたちはこれにて！」

リリィがビシッと敬礼をして、他の少女たちを連れていく。静かな丘にはクラウスだけが残された。

確認したいことがあった。

――フェンド連邦に向かう直前、クラウスはある策を用意した。

過酷な闘いになることは予想されている。

誰も死なずに生き延びるため、少女たち全員に策略を伝えていた。

――『灯《ともしび》』に新たなスパイを迎えたい。

正確には、八人の少女とは別枠で加わる形となる。常に活動を共にする訳ではないが、必要に応じて、その力を存分に振るってもらうつもりだ。そのスパイには、他の少女では成しえない武器がある。

少女たちは快諾した。クラウスがその加入者を紹介した時、拍手で迎え入れられた。

その者は既にフェンド連邦内に潜伏している。

（――今の僕がもっとも信頼できるスパイ）

クラウスは闇に向かって声をかける。

「コードネーム『炯眼《けいがん》』――準備はいいか？」

返事はない。

気配を消したスパイは、己の使命を果たすタイミングを窺《うかが》っていた。

◇◇◇

フェンド連邦にて『灯』と『蛇』が再度ぶつかり合う。

二つのチームは互いに切り札を用意する。

『灯』が用意した策、コードネーム『炯眼』。

対する『蛇』が用意した策は――。

◇◇◇

「絶ッ・体ッ・絶ッ・命ッ――!」

首都ヒューロの中央には、大きな時計台が建っていた。国会議事堂も兼ねるその建物は国のシンボルでもある。

しかし、その時計台の上に土足で立つ者がいた。

月に向けて吠《ほ》えるように、一人の少女が楽し気に叫んでいる。

月光に煌《きら》めく、美しく艶《つや》やかな髪を靡《なび》かせている。ノースリーブの派手なドレスを纏《まと》い、彼女は急こう配の屋根の上で、踊るようにその場を回っていた。時折夜空に向け「絶体絶命っ!」と叫ぶ。危機を喚《わめ》いているはずなのに打ち震えるような歓喜を見せて。

肩から肘にかけて、稲妻のような大きな傷がある。しかも両肩に。

――『翠蝶《みどりちょう》』。

ガルガド帝国の諜報《ちょうほう》機関『蛇』のメンバーの一人だ。

フェンド連邦に潜伏し、数多くの工作をこなしてきた『蛇』最年少のスパイだった。

彼女は時計台の上で、はーぁ、と愉悦に満ちた息をつく。

「まさかこんな早く『ベリアス』がやられちゃうなんてねぇ。凄《すご》いなぁ。あれがクラウスさんかぁ。確かに野放しにはできないねぇ。強すぎ」

『翠蝶』はずっと見ていた。その技量を確認するため、〈白鷺《しらさぎ》の館〉のパーティーに紛れていた。『ベリアス』たちに一切気取られないまま。

「白蜘蛛《しろぐも》さんは言いました」

おどけた口調で彼女は唱える。

「あのバケモンと対峙《たいじ》する時は、常に先手を取り続けなきゃならない。対応される前に、徹底的に略奪を繰り返し、絶えず地獄を生み出し続けなきゃいけない、と」

仲間から受けたアドバイスを確認する。

このままじゃ殺されちゃうよ、と笑いながら呟《つぶや》いて、翠蝶は振り向いた。

「だからね、策を尽くすんだよ。最低最悪の作戦を完成させるの」

彼女は――隣にいる少女に微笑みかける。

「新しいコードネームをあげるよ。キミの名は――『緋蛟《あかみずち》』」

「…………」隣の少女はピクリとも笑わない。

「元々の名前も運命的で好きなんだけどね。ま、気分一新ってことで」

『翠蝶』はその少女の背中を叩《たた》いた。

鼻歌を奏で、ヒューロの市街地に向け大声で宣言する。

歌うような高らかな声を上げて『翠蝶』は目を剝《む》く。

「さぁ震えろ、愚衆ども！　狂おしくも美しい悪夢を、骨の髄まで刻み込めっ‼」

『蛇』が用意した策――『緋蛟』。

それは彼女が口にした通り、世界に禍々《まがまが》しい恐怖を広め始める。

◇◇◇

リリィとジビアは『ベリアス』の拠点に向かっていた。

さすがにランは傷が癒えていないため、もう休ませている。サラがジビアの拠点に送り届けていた。

現在、他の仲間は『ベリアス』の拠点にいるはずだった。

彼女たちは『ベリアス』が集めた資料を片っ端から盗み見ている。クラウスの脅迫に観念したアメリが案内してくれているはずだ。こちらは部下全員をいつでも埋められる準備を整えてある。もちろん、そんなことしたくはないが。

時刻は午前五時ごろとなり、まだ朝日は昇らない。

リリィとジビアは疲労困憊《ひろうこんぱい》の身体に鞭打《むちう》ち、ヒューロの街を駆けていた。

「そういえば」

リリィが呟いた。

「結局、ダリン皇太子さんを殺したのも『蛇《へび》』なんですかね？」

「ん？　あぁ、そういえば謎だな」

ジビアが頷《うなず》いた。

「その辺はまだ結構謎なんだよなぁ。なんにせよ、許せねぇよな」

「……夜が明けたら、世界中が動乱に包まれるでしょうね」

世界が変わり始める気配を、二人は感じ取っていた。全世界のニュースはしばらく暗殺事件で持ち切りになるだろう。フェンド連邦の王族を殺すとはそういうことだ。

だが、その狙いは分からない。

中世ではあるまいし、普通、戦争状態であろうと他国の王族は殺さない。戦争の歯止めが利かなくなるからだ。仮にガルガド帝国の仕業ならば、その事実が発覚した場合、世界中が帝国へ再び敵意を向けることになる。

「混沌《こんとん》を生むとはいえ、さすがにリスキーすぎるような——」

リリィが呟いた時だった。

二人は視界に何かを捉えた。

——火事だ。

街の片隅に炎が上がっている。夜更《よふ》けということもあり、まだ街は騒がしくないが、それは間違いなく火の手だった。

『カッシャード人形工房』——『ベリアス』の拠点が、燃えている。

「嘘《うそ》だろっ？」

二人は悲鳴をあげ、スピードをあげた。拠点には他の仲間がいるはずなのだ。無事に避難できているだろうか。

慌てて建物の前に駆けつけると、二人の人物が呆然《ぼうぜん》と立ち尽くしていた。

アメリと『蓮華人形《れんげにんぎょう》』だった。

彼女たちはまるで信じられないものを見たように固まっている。額には何かで殴られたような傷跡があった。

「アナタ、たち……」

掠《かす》れた声でアメリが口にする。

「……中で……アナタたちの仲間たちが………どうして……？」

それだけで飛び込むには、十分だった。

火はまだ二階建ての工房全てに回っていなかった。二階から燃えているらしく、一階はまだ原形を保っている。

呼吸を止め、ジビアとリリィは駆け込んでいった。

入り口のすぐ横の扉は開かれて、中の様子が見えた。

――背中から大量の血を流して倒れ伏すグレーテ。

絶句するジビアの隣では、リリィが素早い判断を下していた。ジビアの襟首を摑《つか》み、工房の奥へ足を進ませる。

犠牲者はグレーテだけではないからだ。

グレーテが生死不明の重体であるには違いない。しかしアメリは「仲間たち」と言った。他にも怪我人《けがにん》がいる。それどころか敵もまだ建物内にいるのかもしれない。

既に死んでいる可能性のある人間の安否確認より、一秒でも早く他の仲間の救助を優先する。心を殺して実行する、合理的判断だった。

更に廊下を進んでいくと、壁にもたれている新たな仲間が見えた。

――砕かれた血塗れの右腕を抱えて座り込むティア。

「リリィ、ジビア……」

ティアの意識はまだあった。

苦しそうに喘《あえ》ぎながら、絞り出すように声をあげる。

「上に、お願い……っ」

ノータイムでリリィは駆けあがる。数秒遅れて、ジビアも後に続いた。二階の階段正面にある大きな工房で物音がした。燃え盛る炎の中、リリィたちは駆けて行く。

悪夢が始まっている。

自分たちがこれまで経験したことがないような未曽有の恐怖が迫っている。

扉を開くと、次の惨状が目に飛び込んでくる。

――燃え盛る工房に倒れ伏し気を失っているエルナ。

彼女のそばには、額から血を流したアネットが立ち尽くしていた。片手に発明品であろう鉄の棒を構え、ぼんやりとした瞳を前に向けている。

次の瞬間、彼女の身体《からだ》は横に吹っ飛ばされた。

――壁に叩きつけられ、多量の血を吐き出していくアネット。

内臓が損傷したのかもしれない。アネットが吐いた血の量を見て、推測する。

炎の中、二人の少女が並んで立っていた。

片方は両腕を割るような大きな傷跡を晒《さら》している。ヴィンドの遺言にあった存在。彼女が『翠蝶』なのだろうか。

そして彼女の横で、たった今アネットを小刀で砕いたのは――。

「やっぱり運命的だよねぇ」

『翠蝶』は楽しそうに口にする。

「きっと予告していたんだよ、そのコードネーム。今はもう『緋蛟』だけどさ」

――『翠蝶』の横には、小刀を握るモニカが立っていた。

リリィとジビアは動けなかった。目の前の光景に対する理解に、脳のリソースを割かねばならなかった。それほどまでに現実離れした光景だった。

なぜモニカが『翠蝶』の横に並んでいるのか。なぜアネットを小刀で殴ったのか。グレーテ、ティア、エルナを襲ったのは彼女なのか。

モニカは口を開かない。

ただ彼女はおもむろにガラス瓶を前方へ放り投げた。中には液体が含まれている。床に零《こぼ》れた液体はすぐに発火した。
リリィとジビアを包むように火の勢いは増していく。
黒い煙の向こうで、モニカが身を翻《ひるがえ》した。
「――――ごめん」
微《かす》かな囁《ささや》きが聞こえた気がしたが、それは炎に崩れ行く建物の音でかき消されていく。
『翠蝶』は運命だと表現した。
裏切り者の名は『氷刃《ひょうじん》』のモニカ――灯《ともしび》の絆《きずな》を断ち切る、冷たく鋭い氷の刃。

あとがき

6巻のあとがきで語る内容ではないですが、5巻執筆時のことを語らせてください。

5巻執筆も終盤に差し掛かり、6巻のプロットも考えなければならないタイミングのこと。私は大きな悩みを抱えていました。

（……読者さんは『鳳《おおとり》』を受け入れてくれるのか？）

ただでさえ登場人物が多い『スパイ教室《きょうしつ》』。小説という限られた情報しか伝えられないメディアでは、常に描写の取捨選択が求められます。

ゆえに悩みます――6巻に『鳳』はどれだけ出してよいのか。

もちろん私は『鳳』、大好きです。超好きです。卒業試験時の『鳳』とか、チーム結成直後の『鳳』をよく妄想し、「どっかで書けないかなぁ」と日々思っています。

しかし、創作とは作り手と受け手とのコミュニケーション！

いくら私が好きでも、読者に伝わらなければ意味がないのです！　登場人物削減のため、彼らとの回想は最小限に留《とど》め、これまで通り9人＋αで回すのが無難な選択でした。

(でも、6巻でも『鳳』を出したい……!)

ウジウジ考え、5巻の校正作業を行っていました。ちなみに担当編集さんからは「多忙なトマリ先生に、『鳳』全員のキャラデザを任せるのは忍びないですね……」と伝えられています。仕方ないとはいえ、出番は減らすしかないか、と肩を落としていました。

しかし後日、思わぬ連絡が届きます。

編集さん「5巻を読んだトマリ先生が、『鳳』を描きたいと言ってくれていますっ!」

私 「本当にいいのっ⁉」

トマリ先生の挿絵があるなら話が違ってきます。かくして励まされた私は、6巻で心置きなく『鳳』を出せました。『灯《ともしび》』と『鳳』の交流と崩壊、そして絆《きずな》の物語。

トマリ先生、本当にありがとうございました。6巻を描けたのは、一番の読者である先生が彼らを認めてくれたおかげです。ヴィンドとファルマのデザインが特に好きです。

さて、次回予告です。裏切り者の汚名を背負った少女の闘いが始まります。セカンドシーズンは彼女と、そして、もう一人の少女のための物語です。頑張って書きます。

でも、その前に短編集2を出すかも。ではでは。

竹町《たけまち》

お便りはこちらまで

〒一〇二―八一七七
ファンタジア文庫編集部気付
竹町（様）宛
トマリ（様）宛

富士見ファンタジア文庫

スパイ教室《きょうしつ》06

《百鬼《ひゃっき》》のジビア

令和3年9月20日　初版発行
令和4年12月10日　4版発行

著者——竹町《たけまち》

発行者——山下直久

発　行——株式会社KADOKAWA
〒102-8177
東京都千代田区富士見2-13-3
0570-002-301（ナビダイヤル）

印刷所——株式会社KADOKAWA

製本所——株式会社KADOKAWA

ISBN978-4-04-074253-3 C0193　◆◇◇

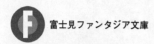

ファンタジア文庫
イスカ
帝国の最高戦力「使徒聖」の一人。争いを終わらせるために戦う、戦争嫌いの戦闘狂
女と最強の騎士
二人が世界を変える――
帝国最強の剣士イスカ。ネビュリス皇庁が誇る魔女姫アリスリーゼ。敵対する二大国の英雄として戦場で出会った二人。しかし、互いの強さ、美しさ、抱いた夢に共鳴し、惹かれていく。たとえ戦うしかない運命にあっても――
シリーズ好評発売中！

切り拓け！キミだけの王道
ファンタジア大賞
原稿募集中！
賞金
《大賞》300万円
《金賞》50万円
《銀賞》30万円
選考委員
細音啓 「キミと僕の最後の戦場、あるいは世界が始まる聖戦」
橘公司 「デート・ア・ライブ」
羊太郎 「ロクでなし魔術講師と禁忌教典《アカシックレコード》」
ファンタジア文庫編集長
前期締切 8月末日
後期締切 2月末日
公式サイトはこちら！ https://www.fantasiataisho.com/
イラスト／つなこ、猫鍋蒼、三嶋くろね

最強不敗の神剣使い
The Invincible Undefeated Divine Sword Master
リヒト
名門貴族・エスターク家の"忌み子"。周囲から無能と蔑まれ、家門を追放されるが……その身には、絶対無双の"天賦の才"が宿されている
アリアローゼ
ラトクルス王国の王女。正体を隠して旅していたところ、流浪の旅へと出立したリヒトと出会う。その胸には、とある崇高な志が秘められている
Ryosuke Hata
羽田遼亮
ill.えいひ
シリーズ好

ティナ
四大公爵家のひとつ、ハワード家に生まれた公女殿下。なぜか誰でも扱える程度の魔法すら使うことができない。
変える
はじめましょう
アレン
公爵令嬢ティナの家庭教師を務めることになった青年。魔法の知識･制御にかけては他の追随を許さない圧倒的な実力の持ち主。
発売中!

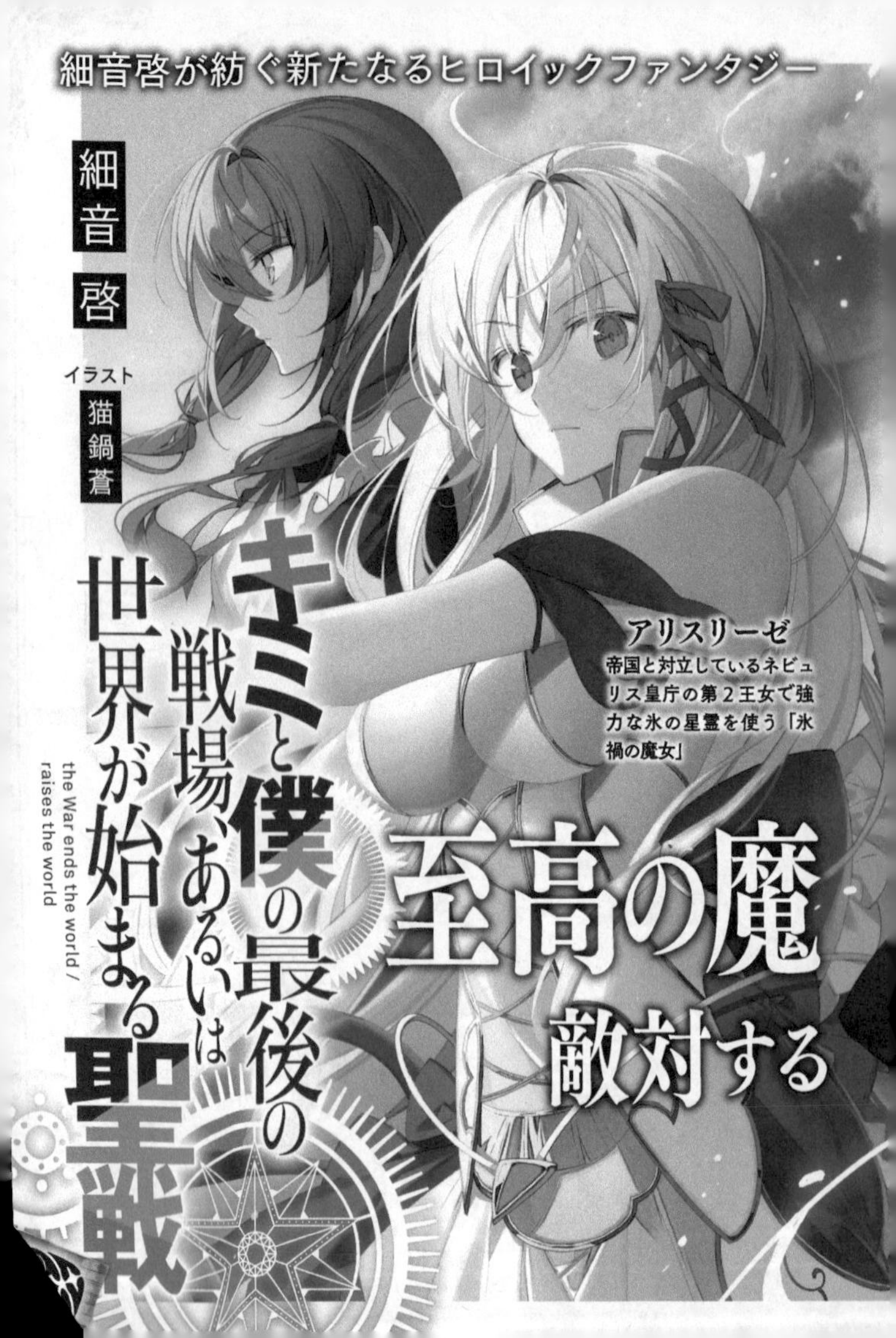

細音啓が紡ぐ新たなるヒロイックファンタジー
細音啓
イラスト 猫鍋蒼
キミと僕の最後の戦場、あるいは世界が始まる聖戦
the War ends the world / raises the world
アリスリーゼ
帝国と対立しているネビュリス皇庁の第２王女で強力な氷の星霊を使う「氷禍の魔女」
至高の魔
敵対する